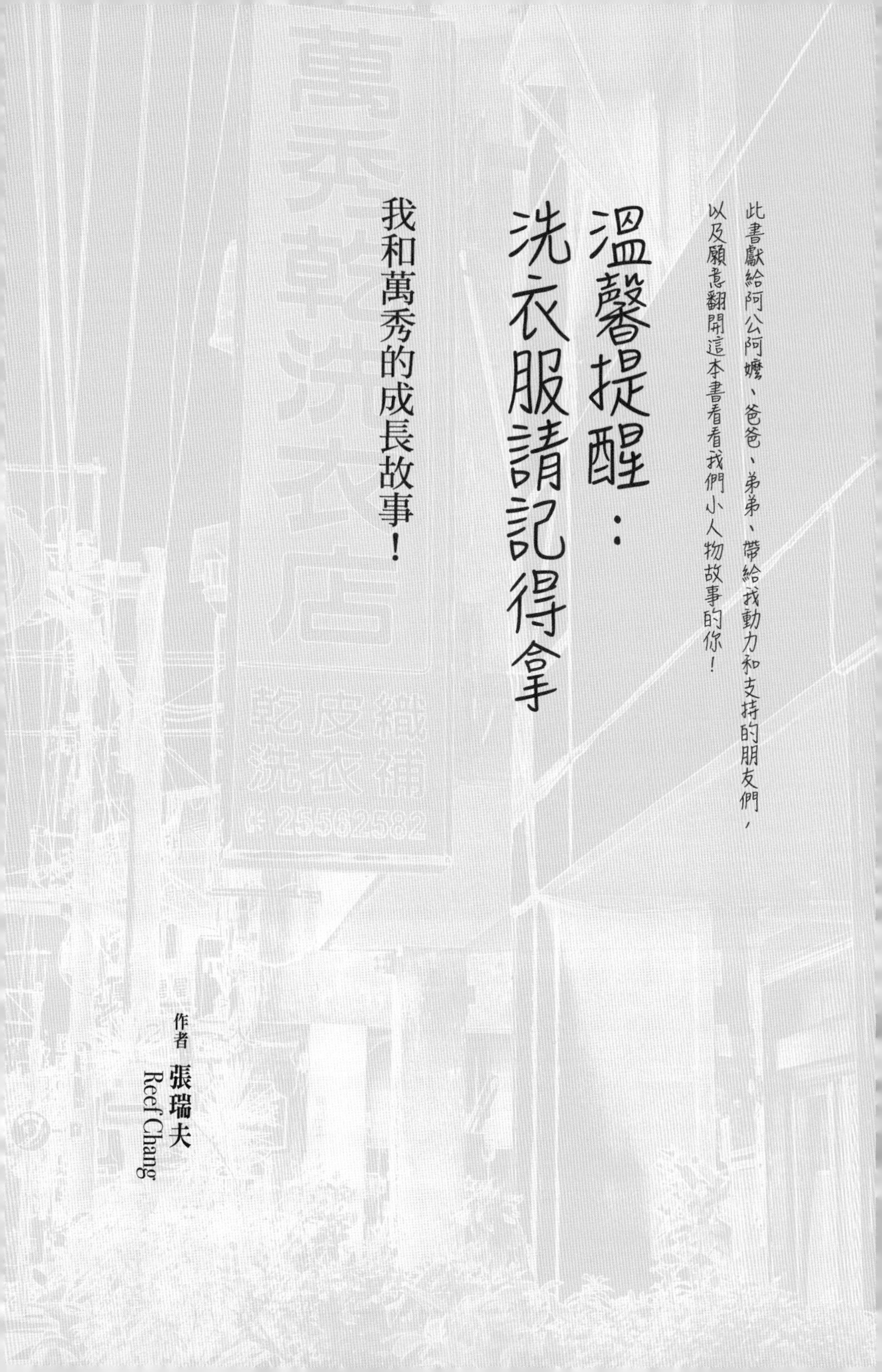

此書獻給阿公阿嬤、爸爸、弟弟、帶給我動力和支持的朋友們，
以及願意翻開這本書看看我們小人物故事的你！

溫馨提醒：洗衣服請記得拿

我和萬秀的成長故事！

作者
張瑞夫
Reef Chang

推薦序

感性驅動、理性承擔

——國立臺北藝術大學講座教授 朱宗慶

當我收到出版社邀請，提到瑞夫要出版新書，請我書寫一篇「關於瑞夫這個學生」的序文，我既欣喜又期待，二話不說、一口答應。於是，翻開這本「瑞夫與萬秀的成長故事」，細讀下去，感動到心裡，若要我形容瑞夫：他既孝順又溫暖，敢作夢又有執行力！

認識瑞夫，是在他就讀臺北藝術大學藝術管理研究所時期，這一班同學是我在北藝大藝管所唯一擔任過導師的一班，身為當時的藝管所所長兼班導師，加上教課的關係，與同學間互動自然多，印象也特別深刻。而瑞夫善於組織與領導的特質，當時就已展露無遺，對喜歡的事情所散發出的熱情，更是容易感染周邊的人。

而當我從頭將這本書讀下去，再一次地透過文字瞭解瑞夫與他的故事，他那敏感細膩與為人著想的特質、與祖父母以及家人間的互動，一個行動的起心動念到落實執行的過程，字裡行間裡，我感受的是，儘管瑞夫與我年紀相差三十多歲，但似乎有著許多不謀而合的理念與態度。

例如，瑞夫形容自己是個做任何事情，第一步以情感思考的人。我想，活化祖父母經營的「萬秀洗衣店」，顛覆一般人對傳統洗衣店的想像，並登上各大國際媒體版面，是一般大眾對於瑞夫最初步的認識。但真正可貴的在於：這背後是源於瑞夫對家的歸屬感的重視、那種看到一個現象，引發起「好像可以做些什麼」的心情，才促使這一切故事的發生。

我常說「感性驅動、理性承擔」，如果凡事都先經過「理性計算」的話，很多被認為是「創意之舉」的事，就減少了發生的可能性。那顆敢作夢、有執行力的心，帶著瑞夫與祖父母一同創造了許多故事與回憶！

我也還記得，今年六月時曾與瑞夫書信往來，他提及疫情確實對他的創業帶來一些影響，但儘管面對困難與挑戰，我看到的是，追求夢想、堅持一件自己相信的事，瑞夫仍然全力以赴的精神。

我常與學生分享一句話「千山萬水擋不住想飛的翅膀」，需要去開創、去努力的事，很難不勞而獲，克服困難的過程必然會是辛苦的，然而，當你懷抱著夢想去付出、去追求的時候，千山萬水擋不住想飛的翅膀，再多的辛苦也有值得的幸福。我想，瑞夫做事的熱情與積極，無疑是最佳的代表案例。

如果你也想做些什麼事，開始留心於周遭細微的小變化吧！然後注入一些熱情、勇氣與毅力，相信會開啟許多不同的可能。誠摯推薦給大家這本書，跟瑞夫與萬秀的成長故事，一同打開新篇章！

感動推薦

路，走著走著，總是討論著那些在乎的價值和繼續走下去的核心，慶幸自己仍有這些信仰，到了三十出頭的年紀強烈感受無形勝有形的美好力量。

「能夠幫助別人是最大的動力。」謝謝我們還一直相信著愛。

——金鐘主持／演員 李霈瑜（大霈）

結識萬秀張瑞夫君的機緣很特別，來自於在美國科技業工作晚輩的熱情推薦，讓我有機會瞭解一家傳統后里洗衣店衰老消沈與循環創生的故事，更能認識瑞夫這位有愛心、有創意、有熱誠，有回饋的青年朋友。

故事真的令人感動，老幹新芽值得大家關注，更希望能鼓舞跨世代交融的永續發展！

——永續循環經濟發展協進會 施顏祥理事長

這本書不教你創業、不教你賺錢、甚至不教你如何打造一個爆紅ＩＧ帳號。但它會讓你看到一位年輕人如何覺察自己的感受，發覺對親人的愛，並勇敢付諸於行動，而創造改變。這談的不是商業價值，而是正向的價值觀；獲得的不僅是成功的事業，而是成功的人生。希望更多人能夠看到瑞夫的故事，你會從中獲得萬分激勵。

——作家、正向心理學導師　劉軒

自序

從小地方去感受，觀察自己的心去行動

行動，是一個看起來很簡單的詞，卻也是最難的真實。

很多時候，我們受限於社會、同儕、外人的眼光，往往在一些我們沒做過的事情上，先找尋他人是否有做過類似的事，似乎有跡可循才去做。特別是由於家人的情況產生的情緒，可能會因為生命經驗中沒看過有人處理這些事，而選擇就這麼放過。或許說起來很沈重、很複雜，但我真的希望能讓更多人知道，行動的初始就是得先從自己的心去尋找。我就是一個這樣的人，我很幸運能在讀書的時候，就發現原來能透過主動的行為，化解我與阿公阿嬤之間的隔閡……。

常常在外面的分享中我都會提到，我是一個以情感作為第一步思考的人，時常會因為有感覺，或者因為突如其來的熱情燃起的衝動瞬間，而起心動念。後來我發現，這些感覺來自於從小所見、所聞連結產生的感動與難過。例如我會因為辦了活動之後，參與者跟我說聲「謝謝」，告訴我他得到的收穫，就覺得應該要繼續做下去；或者發現自己小小的力量能為他人帶來些改變，讓他面對社會期待的壓力時能轉變心態，因為這些小時刻，我選擇廢寢忘食、熬夜辦活動、寫企劃。

甚至在我看到不好的事情，可能是在街上看到弱勢或在新聞報導上看見難過的新聞，即使過去的我沒什麼能力可以改變現狀，但我會用手機記錄下心情或者將無奈寫在備忘錄、存在手機裡。我一直認為，這是一種告訴自己不要成為你討厭的那種人的方式，告訴自己要記得這樣的感受和心情，直到有一點能力時，一定要去做點與改變什麼。

你有過這樣的時刻嗎？因為做了某件事情，可以熬夜不想睡、可以拒絕去約會，甚至投入很多的心力卻不累嗎？每個人都一定有的，就看你有沒有辦法將這樣的感受延伸轉化到生活中，讓生活以不同形式熱情來延續它。關於萬秀以及萬秀ＩＧ發生後所帶來的一切，就是因為這樣開始的。

這本書無法告訴你怎麼創業、怎麼賺大錢（畢竟我也還在掙扎），更不會傳授你如何打造一個成功且出名的ＩＧ帳號法則，我只希望能透過這本書來和大家分享，我是如何從生活中看到我的感受，從我的生命記憶中，找到我對阿公阿嬤的愛，也因為如此，才會讓我想著要開始做些什麼。那個從我看見阿公阿嬤趴在家中、看起來百般無聊的瞬間開始，試圖去改變那令我難過的片刻感受。

這一切都來自於真實，來自於他們對我的愛，來自於我看見他們對我的付出。希望在讀完這本書之後，我能帶給你一點勇氣，讓你去面對心中的自己，讓你也能勇敢的跨出一步，對身旁的人多點關心，現在起，就從自己的生命經驗開始，做個不一樣的自己。

s
Young

WANT SHOW Laundry
- Since 1951 -

萬秀
洗衣店

關於萬秀

 **萬吉（84 才）X**  **秀娥（85 才）= 萬秀**

鄉下洗衣老職人 ＋ 客人遺棄沒付錢的衣服

孫子不忍心看阿公阿嬤每天無聊發呆

衣服就算放了 10 年，還是可以很時尚

萬吉秀娥就算 84 歲，還是可以 as young

♥ 溫馨提醒｜洗衣服請記得拿 ♥

目錄

溫馨提醒：洗衣服請記得拿

我和萬秀的成長故事！

PART1.

咱明仔載翕一張相喔！

我們明天來拍一張照片吧！

PART2.

你怎麼無愛聽我ㄟ話呀！

PART3.

你們毋知影ㄟ代誌可濟著了！

PART4.

咱愛用家己ㄟ力量影響更加濟人

我們要用自己的力量影響更多人——IG的影響力哲學 139

PART5.

WANT SHOW Laundry
- Since 1951 -

萬秀
洗衣店

PART 1.

咱明仔載翕一張相喔！

我們明天來拍一張照片吧！
——在洗衣店成長的日常帶給我的影響

1. 隨著脆化的塑膠碎片落下，我似乎可以做點什麼

「阿嬤，咱明仔載翕一張相喔！」

二〇二〇年的六月某天，我這麼跟阿嬤說。

阿嬤看著我在那邊翻找店裡的衣服，一頭霧水；阿公則是一陣又一陣的碎念：「你翻那些衣服是要幹嘛啦！」他不是怕我動到衣服，而是對於因為我翻找衣服不斷撒落的塑膠碎片惱怒，而這些塑膠碎片，全都來自裝著清洗完成的衣物的袋子。沒錯，就是塑膠袋放到脆化了，輕輕一碰就會如雪片般落下，阿公拿著掃把跟著我的動線在掃，一邊繼續念著：「你到底要幹嘛？」

這些放在已經老化袋子裡的衣服，有八年的、有十年的，甚者有些早已超過二十年，說真的，就算一開始被清洗得多麼乾淨，但放了那麼久，也早已布滿灰塵。縱使過去阿公每隔幾年就會為放太久的衣服重新換袋子，但換著換著，可能心裡也知道「不會有人再回來拿了吧！」也就漸漸的不再做這樣的動作，就讓它慢慢的退到每一列衣桿的末端，任隨時間老化、碎化。

這些堆置的衣服是我從小到大的日常，也曾在我心中認為理所當然，似乎從小我就完全接受這樣的狀態，對於「送洗後不來拿」習以為常，不覺得奇怪。唯一的煩躁，就是以前除夕大掃除時，要調動放了過久的位置，那時就真的覺得很煩了，總想著「到底要多久才能弄完吃飯」，可是卻沒想過這是個多嚴重的問題，直到慢慢長大，才開始意識到原來這不是件合理的事。

但縱使知道不合理，卻也從來沒有過任何行動，直到二〇二〇年回到家，發現很多的不同，才突然有一個念頭——似乎我可以為我的「根」做點什麼。

隨著衣服一件件陸續的被挑出來，放到比較低的掛衣桿上，到這時我才大概跟阿公阿嬤說了一下，關於打算請他們穿上這些衣服拍照的要求。他們並沒有說「不」，只是充滿疑惑的覺得「為什麼要穿這些？」還說自己有比這個更好看的衣服。但我並沒有多做解釋，因為在那當下，我根本也不知道後來事情會產生那麼多的變化，甚至我也不知道到底要怎麼拍？

那時的我就只是一個念頭，好像這些衣服可以做些什麼，好像這麼做可以有意義，也好像可以讓阿公阿嬤和我會有些話題，但我還是不知道會有怎麼樣的事情發生……。

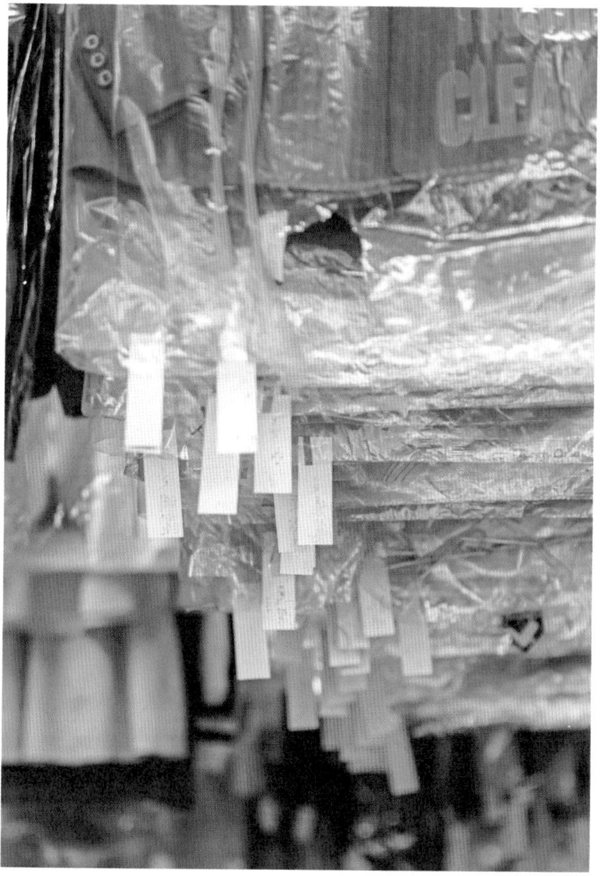

萬吉（84 才）洗衣店開業時：14 歲，

洗衣滿 70 年還不言退。

萬吉說：要動才不會老。

WANT SHOW Laundry
- Since 1951 -

萬秀
洗衣店

萬秀洗衣店 #Wantshow
wantshowasyoung #grandparents

一件事做了 70 年

秀娥（85 才）嫁過來的時候，就跟著做洗衣店，很苦捏，門口還要兼賣冰。

秀娥說：以前我也都打扮的像小姐，現在臉皺巴巴不敢出門了啦。

♥ 溫馨提醒 | 洗衣服請記得拿、認同請分享 ♥

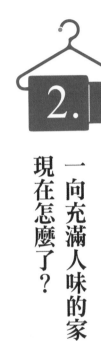

2.

一向充滿人味的家，現在怎麼了？

「阿公，你怎麼才起床就又趴在櫃檯睡？」

我從來沒想過，充滿精力的阿公阿嬤，會有一天出現這樣的畫面……。

早上起床，吃完早餐看完報紙，阿公阿嬤居然因為沒有事情可做，就選擇趴下。阿公沒事就趴在櫃檯的桌上，直到有客人來才抬起頭來，有時候可能真的睡著了，有時候則是很明顯的並沒有在睡覺；而阿嬤則是趴在廚房的餐桌上，當她不用煮那麼多菜、不用面對那麼多客人，突然間就空了下來。兩個人這樣的畫面，並不全然都發生在上午，有時候是午睡起來後，有時候則是傍晚時分，並不是那麼固定，但唯一可以確定的，都是在沒事情做的空檔最容易發生。

這一切，都是在我二〇二〇年從北京回到后里之後，才意外的發現。畢竟在我印象中，我家幾乎從早到晚都熱熱鬧鬧的，每次回家，早上起床客廳就會有人來聊天，下午更是鄰居們定期的聚會地，縱使沒有聚會，也會有人來找阿公下棋。如果大家對於鄉下的印象，是一棵大榕樹下面有很多位長者整天一起乘涼、泡茶、下棋、聊天，那你只要把樹下的場景，換到我家，大概就是那樣的樣貌。唯一的差別可能就只是白天時，會有其他阿嬤帶著還沒讀幼稚園的孫子來，把孫子放在我家客廳吃早餐、看卡通，自己跑去菜市場買菜。這種充滿人味的氣氛，一直都是我所習慣的日常，在我的印象中，阿公阿嬤才不會無聊呢。

我雖然從高中就外出讀書，但每當我回家，也總是這樣的印象，縱使會發現好像有些以前常常來坐的鄰里消失了，有幾位好像因為漸漸失智認不出我了，但因為長期在外，每次回家都還是能感受到阿公阿嬤滿滿的活力。例如，阿嬤一定都會把三餐當成十三餐

來準備，畢竟，「有一種餓叫做阿嬤覺得你餓」，而阿公也像是平常沒機會說話一樣，想把很多很多話跟你分享；好像「乖孫」回家，所有的活力都會被點燃，在那樣的狀態之下，其實很難察覺異樣，我相信，只要有跟著阿公阿嬤生活過的小孩，一定都懂這樣的感受。

因為疫情，這次我在家待的時間是近十五年來最久的一次，縱使一開始阿嬤覺得我餓到爆，但煮了二個月，還是會慢慢恢復正常。也因為這樣我才漸漸發現阿公阿嬤趴著的這一面，說真的也就是這些畫面，讓我非常非常的不忍，甚至難受，我實在很難想像他們在我沒回來之前，有多少的時間都是這樣每天無聊發呆，我真的不敢想像趴著或望著遠方的他們，腦中究竟在想著什麼？我光想到這個，就非常的難過和不捨。到了八十幾歲，不只我，他們心中也可能正準備面對些可預期的未知，如果你也是阿公阿嬤帶大的小孩，可能也會跟我一樣的感受，我實在無法接受在這段日子讓他們是這樣的樣貌，也不希望他們的生活到了這個年紀，不只兒孫陪他們的時間少了，他們自己也開始放棄對精采生活的渴望。

特別是當你腦中不斷想起過去阿公阿嬤為我做的一切——當我還小，他們是怎樣的為我付出，在爸媽離異狀況下，是如何的用所有的愛來陪伴我，每一件刻在記憶中的小事，都是無法抹去的記憶。所以看到那樣的畫面，我非常難過，我真的很想為他們做點什麼，我真的不希望他們的生活是那麼的孤單寂寞，我真的很愛他們，很希望他們能夠是開心的，能夠不要先開始選擇放棄。

我想，對於很多生命中出現的場景和時刻，很多人都是會有感受的，特別是自己的家人，當看到難過的狀況，一定會在心中產生感受，但很多人不一定會行動，就只是看著，然後繼續做自己的事情。但或許我只是比別人多了一個行動，去延續那些因為我的感受讓我想做到的事情，真實的開始想為他們做些什麼，至少，這是減少遺憾的開始。

WANT SHOW Laundry
- Since 1951 -
萬秀
洗衣店

萬秀洗衣店 #Wantshow
wantshowasyoung #grandparents

這是秀娥的態度

態度 x 秀娥自 cue 的眼神，眼神 +10。

秀娥

洋裝：10 年以上未取吊帶洋裝

內搭：10 年以上未取小碎花白襯衫

貝雷帽：私服

♥ 溫馨提醒｜洗衣服請記得拿、認同請分享 ♥

3.

我們是阿公阿嬤帶大的孩子

「阿嬤，我忘記帶直笛來學校了啦！」

整個萬秀的開始，最重要的是真實，這真實來自於我和阿公阿嬤的記憶，來自於從小到大生活片刻中的學習，就算很微小，都是一個個很重要的時刻。

小時候，總是到了學校要準備開始上課前，才發現自己又忘了帶要用的物品，直笛、彩色紙、呼啦圈，因為有些課會用罰站懲罰沒帶的同學，每當發現自己沒帶都會緊張到不行。這時我會趕緊跑去打公共電話（當時還是投幣的），馬上跟阿公阿嬤討救兵，而阿公阿嬤也會想辦法在短短十分鐘下課之內送到學校，縱使沒找到東西，也會想辦法趕緊去買，為的只是希望孫子不要被老師罵。

這段，是我印象很深刻的童年日常。

在我十五歲離家讀書之前，生活基本上都是由阿公阿嬤陪伴長大，就是所謂的「隔代教養」吧。因為四歲時父母就離異的關係，我們跟著父親，父親很愛我們，也很努力工作，但為了維持我和弟弟的生活，他必須要輪三班或遠調偏鄉，如果輪到大夜班就會剛好和我們的作息時間錯開。記得爸爸曾經因為調到梨山工作，每次出一趟門就是半個月，因此少掉很多一般家庭的親子生活，更別說一起出遊了。但在這些狀況下，他還是想努力的照顧我們。我印象很深刻的是，為了照顧我和我弟弟的課業，會在假日帶著我們到他上班的加油站，讓我們在辦公室寫功課，一方面是只能透過這樣盯我們的課業，一方面也是一種對我們的在意和愛的體現。

所以更多的時間，阿公阿嬤成了和我們每天相處最久的陪伴。除了前面提到的忘記帶東西，簽聯絡簿、和老師聯絡、煮三餐，也都是以阿嬤和阿公為主。每天早上不到五點，阿嬤就會起床為我準備早餐，讓我在家吃完才牽著我去學校，那時的我很小，也還不是那麼堅強，面對同學的詢問，有時候不知道怎麼回答，尤其是當作文要寫到「我的家」、「我的母親」時，那總是我最害怕的時候。

在鄉下，甚至是早年的台灣社會，對於單親家庭的小孩一直有著不友善或者刻板印象，也確實有很多小孩因此走上了不一定正確的道路。可能早年對於單親家庭仍有偏頗的價值觀，阿公阿嬤也承受著這樣的壓力，或許他們沒辦法對我們的課業有所輔導，但很努力的希望我們能有好表現，也從不吝於給予。每當要買什麼學校用品，他們會準備最好的，想讓我擁有更多。雖然那時候不懂事，還會鬧著說「為什麼跟同學不一樣」，但這些片刻等到自己漸漸長大，才想起一位老人家，對於他們不懂的事物，那種想為自己孫子準備「最好的」的心意，是多麼偉大。每當想起這些，都會心中充滿虧欠，想著如果當時的自己再懂事一點，他們是不是會更開心一些呢？

由於父親工作的關係陪伴我們的時間不多，阿公阿嬤去哪裡都帶著我們兩兄弟，因此，我從小就時常跟著洗衣工會的爺爺奶奶們出遊，洗衣工會的前輩們成為我最常見到的長輩，養成我從小就有特別會跟老人家相處的能力。在這些過程中，我漸漸發現一些不同，我發現當阿公阿嬤的朋友稱讚我們，他們就會有滿足的笑容，那時我開始發現，「我表現得好」是可以讓他們被肯定的，尤其是當他們自己向別人驕傲的說著我和弟弟是「阿公阿嬤的兒子」時，那種發自內心的自我認可。

這些陪伴的過程，都成為我成長的養分，也成為我和阿公阿嬤情感上最深刻的印記。某種程度上，可能因為這樣讓我比較早熟獨立，似乎從很小就知道他們的不易，也從小就懂得感謝他們的付出。嚴格說起來，我並不知道是從什麼時候開始，但我很知道，每當我在不同節日跟他們說「謝謝」、送他們卡片時，他們那開心的神情，總是也讓我無比開心。

WANT SHOW Laundry
- Since 1951 -
萬秀
洗衣店

萬秀洗衣店 #Wantshow
wantshowasyoung #grandparents

遺忘的布達佩斯

這不是要說阿公在模仿年輕時看小姐的樣子！

而是一個有點悲傷，關於布達佩斯旅遊紀念 T 被遺棄的故事…… 身上的衣服，來自被放了至少 8 年以上的 T 恤區，衣服上面寫著布達佩斯，而這位客人一共送洗了五件，分別是黑白灰黃紅，除非他真的很愛這一件 T 恤的款式，不然一定是一家人出遊時買的吧？但…… 就是洗了沒有來拿，不知道他們一家的記憶中是否還有布達佩斯。

萬吉　**上衣：至少 8 年布達佩斯紀念 T**

褲子：至少 3 年以上未取 UQ 卡其褲

秀娥　**領巾：兩條被遺棄的手帕綁成**

上衣：至少 8 年布達佩斯紀念 T

裙子：阿嬤 30 年私服

溫馨提醒｜洗衣服請記得拿、認同請分享

溫馨提醒：洗衣服請記得拿

4.

店鋪小孩的學習，來自與客人的交集日常

身為一位在洗衣店長大的小孩，我成長的學習來自於和客人的交集。

每當爸爸上班、阿公出門去收送客戶衣服，阿嬤在廚房忙著張羅晚餐時，顧店的重責大任就會落在我們小孩身上——在客廳看卡通或是寫作業，隨時準備面對到來的客人。如果你也是在店鋪長大的小孩，一定也會有很多像我一樣的生命經驗，這是我們店鋪小孩的日常，也是我們生命經驗中看似平凡但卻深深影響著我的一段重要過程。

我從國小開始，就自然而然的學會怎麼與客人應對、相處，「來坐，要洗嗎？」、「有沒有趕？」、「幫我寫個名字」、「大概三天就可以來拿了」，這是我幾乎每天都要講的話，

不知不覺也養成面對客人的能力。其實鄉下洗衣店的客人，大多也都是鄰里或是阿公阿嬤的多年好友，很多是從一個收送的顧客關係之中，慢慢的變成了朋友，甚至從爺爺一路洗到孫子三代都是我們家的客人。雖然我沒辦法像阿公阿嬤他們那樣對客人的熟稔程度相同，但很多長輩都是邊洗著衣服，邊看著我長大的。當然「越來越帥」、「越長越高」這樣的話自是聽了不少，也因此除了客人的關係之外，又多了一層長輩好友的關懷和關心，這都讓主客的關係不只是主客，而是從衣物延續到與各個家庭情感的連結。

更特別的是，雖然是顧客關係，鄉下的人情味讓「友誼」能在這個店裡被清楚看見。在我的印象中，店裡每天都熱熱鬧鬧的。從一早買菜完後聊天圍坐的阿嬤，到午後一起來下棋的外省老兵，還有傍晚到我們家泡茶的顧客們……。往往是我們家出茶水，大家則帶著剛出爐的蔥油餅、剛剛去買的枝仔冰來分享，在這個客廳中不分階級、不分年紀，什麼人都有。記得我們家熨燙衣服的師傅還說過：「講好笑一點吼，洗衣店就像是八卦中心啦！」還常常有剛搬來后里的人，被告知如果有問題可以來洗衣店問問，或許就可

以得到解答。這些對於現代都市來講似乎匪夷所思的一切，就是我們家的日常。對了，就像前幾篇提到的，有時候早上起來還會看到有小孩在我家看卡通，因為他們的阿嬤去買菜，先把小孩寄放在我家一下。

在這些故事裡，我也處於其中，看著阿公阿嬤與這些客戶產生的友誼，也看見了很多美好（當然不是下課回家獲得免費蔥油餅和枝仔冰的這種美好啦）。阿公阿嬤也從小就教會我禮貌以及對長輩、老者智慧的尊重，小小的一間客廳，充滿了珍惜和友誼的智慧，那種因為路過看到好吃的，就買來跟大家分享的美好。可能也是從那時，在我心裡種下了一個根，那關於不吝嗇付出、不為了回報所做的分享，就是一種看到大家因你而開心的美好。

就是這種環境的養成，以及鄉下人特有的一種善與關懷，那種不吝嗇的美好，成為阿公阿嬤在我成長過程裡不斷灌輸給我的觀念。「只要對社會有益就要去做」、「只有自己好那不叫好，如果大家能因為你而好，那才是真的好」，這幾句話就成為我時常在阿公阿嬤與其他長輩的對話中聽見的。

小小的我，雖然好像真的做不到什麼，但看著阿嬤去捐錢、阿公去捐衣服，就似乎知道自己能做些什麼，也可能是因為阿嬤捐錢捐太多、每每叫我不能跟阿公講，阿公碎念的記憶太鮮明，成為了我成長中最鮮明的印記。（阿公如果你看到這一段，先忍一下不要念阿嬤喔！都過了那麼久了！）

WANT SHOW Laundry
- Since 1951 -
萬秀
洗衣店

萬秀洗衣店 #Wantshow
wantshowasyoung #grandparents

秀娥超會擺 Pose

你看看，秀娥的臉真的很會擺！

整理找到二件被遺忘的 Adidas，所以今天嘗試兩個人年輕時也沒穿過的運動型態！也是店裡比較意外居然會被遺忘的年輕款式（？）結果萬吉秀娥還是輕鬆駕馭。從櫃檯把阿公發呆的椅子拉出來讓他們坐著，結果秀娥自己擺了這樣的 pose?!

萬吉　**上衣：主人已領取**
褲子：萬吉私服 —— 洗衣服時穿的工作褲

秀娥　**上衣：5 年以上未取女白 T**
外套：2 年以上未取 Adidas 棒球外套
褲子：阿嬤私服，年代自己都忘了

♥ **溫馨提醒｜洗衣服請記得拿、認同請分享** ♥

5.

我們做洗衣店的，穿著就要有洗衣店的樣子

除了廟口榕樹下的室內版，身為洗衣店家庭長大的小孩，對於衣服保護的概念自然更不在話下。除了從小到大享有衣物熨燙全套完整的服務外，最不擔心的就是衣服弄髒的問題。縱使我小時候常疑惑為什麼我同學的衣服那麼皺？但在這樣的成長中，早已習慣了衣服潔淨整齊的日常，可能我有時候會說著「我的制服不用熨燙啦」這樣的話，但阿公告訴我：「我們做洗衣店的，出去就是要有洗衣店的樣子。」

這並不只是怕砸了招牌而已，更是阿公阿嬤他們成長背景帶給他們的觀念。大家現在可能想不到，在阿公阿嬤他們年輕時，衣服是很有價值的，除了物資缺乏的因素外，

一方面也是當年的衣服都需要人工訂製，衣服訂製的成本很高。可能這段文字敘述並不清楚，但如果聽阿公親自敘述這一段，一定會有更深的感覺；阿公總是提及，過去的衣服拿去當舖是可以直接換錢的，即便不是什麼名牌，只是大家一般在穿的西裝而已。在這樣的時空背景下，不論衣服的成本怎麼降低，在他們生命的記憶中，即養成了不隨便浪費衣服的精神，也更加專注在「如何把衣服洗乾淨就能穿得更久」的技術上。

阿公阿嬤這樣的觀念，也深深影響了我們。從以前，不論我的衣服是不是髒了，或者在外地讀書，阿公阿嬤和爸爸都會說「衣服髒了就拿回來洗，不要亂丟、不要亂買」，所以我讀高中開始住校時制服總是比別人整齊、還多了幾條燙線，我的同學們會請我週末回家時把他們的制服一起帶回來，他們也想要有和我一樣的整齊度。

因為對於衣服清洗的要求，當一件衣服洗得乾淨就可以穿很久，也可以放很久，這包含了很多很多的智慧。連衣領破了、褲子破了，都會發現阿公默默的就拿去修理縫補。

在我的成長經驗中，丟衣服這件事情真的很少發生，最多的都是補完後驚呼「簡直像一件新的一樣」。就連阿公現在常穿、穿了幾十年還在穿的褲子，臀部的地方就補了很多次，每當拿給不同的媒體看時，年輕一輩都還搞不懂這是什麼樣的技法。

從過去物資缺乏養成的節儉習慣，到成為洗衣店應該展現的態度，都成為阿公阿嬤帶給我最好的家庭教育。小時候，我很自然地會接收到我爸爸和叔叔的衣服，甚至在我讀國中時，身上穿的卡其制服還是爸爸和叔叔他們高中的制服……，我常常笑說好險我們的高中制服不再是卡其色，不然我可能得繼續穿下去。從小我就很習慣拿著老衣服來穿，就像我現在常常穿著的一件牛仔外套，是我叔叔在我國中時給我的，即使已經越來越破、顏色越來越淺，但我依然覺得它很好看，想試試用不同的方式搭配出來。

這些衣服的故事，乍聽之下好像是來自經營洗衣店應該有的態度，和節儉帶來的影響，但當我回過頭認真去想，會把制服放那麼久，或許也是阿公阿嬤成長中的一個缺憾。阿公常常說，他很想繼續念書，可是因為家庭的關係讓他國小畢業後就只能開始工作、開始經營洗衣店，不能念書讓他非常扼腕，於是更加希望自己的小孩能不被家境影響、好好讀書。他之所以會選擇洗衣產業，因為這至少是一個穩定且能讓小孩讀書的工作，所以「制服」對阿公阿嬤來講可能真的很珍貴，也才會持續的保存下來，還保存了那麼久。

衣服，不只是一個生活中的所須穿載，也承載了很多記憶和生命中的回憶。我想，也是因為這樣子的家庭教育，才有辦法讓我開啟過去這一年多來所做的一切。

WANT SHOW Laundry
- Since 1951 -
萬秀
洗衣店

萬秀洗衣店 #Wantshow
wantshowasyoung #grandparents

萬吉的黑框眼鏡

秀娥開心♥（萬吉到底說了什麼？）

萬吉看秀娥穿這樣好像講起了什麼事，結果秀娥就突然笑了～這件看起來很少女的衣服不知道什麼原因也被主人遺忘，但阿嬤再度無違和的撐起……另外要說一下萬吉的眼鏡，一位 84 歲的老人家，以前都戴金框眼鏡，結果某一天他出門回來，自己去配了一副黑框……

萬吉（身長 160）

外搭：7 年以上未取格紋壓扣襯衫

上衣：5 年以上未取條紋亨利領襯衫

褲子：阿公私服工作短褲（但堅持工作褲也要熨燙過）

秀娥（身長 155）

洋裝：10 年以上未取吊帶格紋洋裝

內搭：10 年以上未取小碎花襯衫

♥ 溫馨提醒｜洗衣服請記得拿、認同請分享 ♥

WANT SHOW Laundry
- Since 1951 -

萬秀
洗衣店

PART2.

你怎麼無愛聽我ㄟ話呀！

你怎麼不愛聽我的話呀！

——與阿公阿嬤一起創造共感，消弭隔閡

1. 漸漸長大後就不需要他們了嗎？

難道一切看起來是那麼的美好，我和阿公阿嬤相處時都如此融洽嗎？

在阿公阿嬤身上所帶給我的教育和成長有非常非常多應該珍惜的地方，但在成長過程裡，我也曾經發生過一些轉折，就像大部分的小孩一樣，我也有不那麼喜歡與他們相處的時期過，甚至排斥和他們對話溝通。

我想應該全世界的小孩都一樣吧！

我們成長到某個階段，會突然開始對父母或阿公阿嬤產生抗拒，特別是彼此對話溝通的部分。我們會開始覺得跟他們什麼話都聊不起來，覺得他們說的一切都是對你有所不滿，甚至是在針對你批評。因為這樣，我們會更討厭和他們對話，更討厭回答他們的

問題，甚至產生許多衝突和爭吵，很多人往往就在這段時期開始和爸爸媽媽或阿公阿嬤產生疏離感。

我也曾經這樣，縱使我很愛他們、很感謝他們，但確實，在我成長的過程中也有過完全不想跟他們講話的時期。幸運的是，有天我想通了：這應該是源於照顧者會隨著孩子長大漸漸降低存在感。

在成長的過程裡，小時候的我們一定會把長輩的話奉為圭臬，他們講的話就是我們生命中的一切，他們也認為大人講什麼我們都應該聽。但實際上，我們受到學校的教育、同學的影響，或在接收各界朋友們不同價值觀的交錯下，開始認為上一輩的思考完全跟不上我們，在彼此價值觀完全不一樣的狀況下，我們開始不聽話、不願意傾聽和溝通。

當人們失去存在感，一定會突然間悵然若失，也會焦急。在上一輩的成長過程裡，他們的教育讓他們學到，必須透過更多的控管來驗證自己的存在，舉凡像是「你考這什麼成績」、「怎麼不聽我的」、「就跟你說吧」、「你看那個隔壁的誰多好」、「叫你不要你還做」、「我以前都是怎樣的」……諸如此類的話頻頻出現，孩子自然更反感，也就更不想跟他們講話，結果因為我們不想回答他們的問題，關係越來越惡化。

我也曾經這樣過，我想每個人都一樣。之所以說我幸運，是因為在當下我也沒辦法馬上有現在這麼正面的念頭，但我隱約知道緣由，開始調整跟他們的相處方式，也可能因為這樣，我才能和阿公阿嬤一直保持很緊密的情感。

許多長輩因為沒有辦法和孩子們正常交談，導致他們不知道我們在幹嘛，沒辦法跟我們有更多的交集，所以才會如此焦急，才會想透過負面的質疑來產生對話，誤以為這就是溝通。例如過年的時候，長輩見面一定會問的那些令人反感的話，也就是來自於我們沒有先跟他們開啟對話的可能。

常常有人問我，怎麼樣能改善不對等的溝通，我會建議：先下手為強。

當我們先主動發問，讓他們去講他們的故事，或者當我們主動講我們的生活，讓他們理解我們，或許就可以減少因為無法對話所製造出的質問和控制。就像我在讀書的過程裡會透過我所做的事情、透過朋友對我的反饋，拿給他們看，讓他們知道我在幹嘛，所以即使阿公不清楚我在讀的「文創」是什麼，但還是可以跟別人說：「我孫子在做文創的！」

WANT SHOW Laundry
- Since 1951 -

萬秀
洗衣店

萬秀洗衣店 #Wantshow
wantshowasyoung #grandparents

沒有秀娥 Hold 不住的穿搭

60 多年如一日的攜手，每天早上 8 點，萬吉秀娥依然準時開店！好像有個結論，萬吉只要遮起……禿……頭，就變年輕……然後，秀娥目前沒有 hold 不住的穿搭啊！

萬吉（身長 160）

外搭：5 年以上未取短袖襯衫

上衣：10 年以上未取花襯衫

褲子：阿公私服洗衣工作短褲

秀娥（身長 155）

上衣：10 年以上未取花襯衫

裙子：30 年以上秀娥私服

溫馨提醒｜洗衣服請記得拿、認同請分享

溫馨提醒：洗衣服請記得拿

2.

一起參與，一起彌補流失的歲月

在上一篇裡，寫起來好似很簡單，但我也不是馬上就發現這些。只不過當你留心生命中的一些片段，就會發現可能曾經因為自己的一些小抉擇就讓未來產生缺憾。雖然我跟阿公阿嬤感情很好，但在生命中曾有一個很重要的片刻，影響著我非常非常的多，如果沒有那一次留心身旁的狀況，我可能也不會轉念得那麼快，也不會有想為他們做更多事情的開端。

那是一個很清晰的時刻。

我記得有一次，我們家的人坐在客廳看電視，有我堂／表弟弟妹妹們和阿嬤。阿嬤雖然有在看，但電視裡面播的其實是我弟弟妹妹們選擇的節目。照理說阿嬤應該看不懂，但她就坐在那裡，是一種希望有人「一起」的感覺吧！當下其實非常奇妙，雖然電視上正播著節目，但其他人手上同步玩著電動，可能沒有人意識到阿嬤正在說些什麼，但我聽到了……。她從嘴巴裡默默的、小小聲的講著「我覺得我沒用了，我不知道要跟你們講什麼」，我聽到後非常震撼！如果你也是阿公阿嬤帶大的小孩，你聽到他們這樣說，或者你看到那當下的景象，你一定也會非常非常難過，甚至自責自己到底在幹嘛？怎麼會這樣？

這件事對我來說非常重要，讓我意識到，我們是不是回饋得太少，甚至是不是做錯了什麼，讓阿嬤講出這樣的一句話？可能我的弟弟妹妹們沒有發現，但是我聽見了。身為一個用情感影響著一切的人，開始想著：「怎麼會變成這樣？」我可能以為週末回來，他們就有足夠的開心，但卻發現他們仍然置身於一種不知所措的狀態中。

這讓我開始回憶起，從十五歲離家讀書之前，都是阿公阿嬤陪伴我、帶我長大，縱

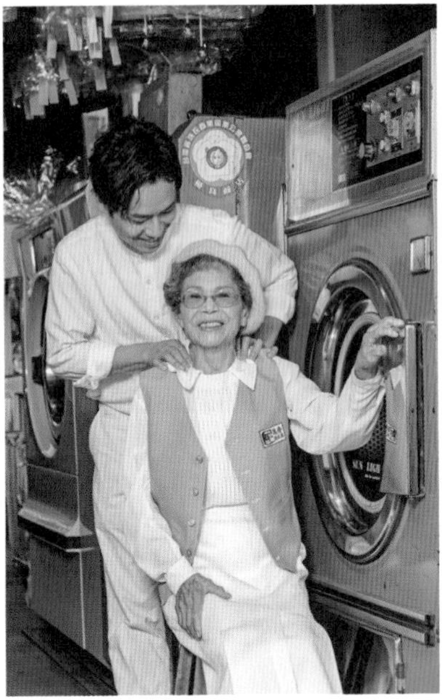

使我每個禮拜回家，縱使我已經很頻繁的與他們見面，但當我離家之後，最多的時間都是給了同學、朋友、社團，之後給了工作。當放大去想這些事情時，我意識到，在未來的時間裡，有沒有可能用這樣少少的天數，將那些他們用體力和年輕陪我長大的十五年補還給他們？

如果你是在外地念書或工作的小孩，大概算一下，就可以知道以自己現在回家的頻率，未來還有多少機會能陪家中的長輩？我開始感到難過，也很害怕，會不會因為這樣讓自己未來留下些什麼遺憾？往後我開始試著記錄下關於我們家的一切，關於我和我阿公阿嬤的一切，我開始去拍下他們生活中的樣貌：可能是阿公幫阿嬤量血壓、可能是阿公幫阿嬤磨指甲、也有像阿公牽著阿嬤的手走路（他堅持是怕阿嬤跌倒而扶她）……在記錄下這些畫面的同時，也看到很多他們彼此間的情感。除此之外，我也開始養成每次離家回學校，或者回台北、回北京工作之前，跟他們合照一張的習慣，也不是為了什麼目的，只是希望能夠多留下一點什麼。

這些小小的片刻，也對他們產生了很大的影響。一開始他們可能認為是手機剝奪了我們和他們對話以及相處的時間，畢竟他們覺得我們一天到晚都在玩手機。但當我把照片ＰＯ到自己的Facebook上，我的同學們會來留言說阿公阿嬤看起來很年輕很可愛，我也會把這些分享給他們看，他們雖然一邊說著「沒有啦哪有」，但其實笑得很開心。也因為這樣，讓他們了解到，原來我是在上傳照片，原來有這樣的一個機制是可以讓大家看到照片並且留言的；也是透過一個一起去完成的行為，讓他們感受到時代的變化，讓他們開始會願意去接受一個他們所不知道的東西，而不是排斥。

我想這是一個很重要的關鍵，唯有讓他們一起參與，他們才可能接受那些看似心中不屬於他們年紀應該去做的事情。

WANT SHOW Laundry
- Since 1951 -
萬秀
洗衣店

萬秀洗衣店 #Wantshow
wantshowasyoung #grandparents

萬秀的情侶裝

本來想拍出冷酷的感覺，結果這套每一張的萬吉和秀娥都自己在秀恩愛啦！
這兩件西裝外套真的有夠久，據說甚至可能比孫子年紀還大（不可考），但是剪裁和設計實在完全不輸現在的風格，萬吉身上那件衣服有個細節沒有呈現到，那是一件格紋拼接的獵裝啊！！！雖然兩件 size 對於萬吉秀娥大了點，但是卻因為秀恩愛好像變成情侶裝了啦！

萬吉（身長 160） **西裝外套：應該有 20 年以上未取格紋獵裝**
上衣：阿公日常白內衣
褲子：阿公私服西裝褲破掉自己改短的短褲

秀娥（身長 155） **西裝外套：至少 15 年以上未取長版駝色西裝**
內搭：5 年以上未取金釦針織上衣
裙子：再度由秀娥 30 年私服擔綱

溫馨提醒｜洗衣服請記得拿、認同請分享

57
營業中
萬秀
台灣省

3. 沒有什麼是阿公阿嬤不能做的事情

在彷彿一切看起來都很好，一切聽起來也讓我更珍惜與他們相處的時間，但我沒有想到的是，二〇二〇年開始的疫情讓我看見了更多……。

以前每次回家，都是待個週末，或者三四天，就像前面提到的，這是我十幾年來第一次在家待了那麼久的時間。以前回家，看到家的景象都是熱情而開朗，但沒想到除了這些鄰里好友的離去，也因為疫情讓生意大受影響。看到阿公阿嬤無聊到趴在櫃台上的影像……，絕對是難受的。那些曾經在我過去的生命中，阿公阿嬤帶來的美好回憶也讓我害怕，害怕他們用這樣「感到無聊」的狀態，走到人生的盡頭。不希望身為子孫的我在陪他們走最後一程時，才發現無可彌補的遺憾，所以，我是不是應該必須得帶給他們些什麼，好好陪伴阿公阿嬤度過開心的晚年，至少讓他們開心，而不是如此落寞。

於是我想帶阿公阿嬤出去玩，雖然因為疫情的影響不能太頻繁的出遠門，還是想帶他們出去走一走。但每當我提出想帶他們出去走一走的提議時，他們就會說「你們年輕人去就好」，或當我想帶他們去看電影，心想一定也是他們很久沒有經歷過的體驗，往往收到的回覆就是「這是你們年輕人的事情」。我很意外，他們似乎對自己的年齡，以及這個年齡所能做的事情，設下了很大的限制，或許是社會給他們的印象，或者是教育的背景，他們似乎認為到了某個年紀就不應該再做某些事情；但是，以前明明就是他們帶著我出去玩，帶著我和我弟弟一起去參加不同的旅行團，在當時，他們明明是曾經如此的開朗和熱情，積極地和他們的朋友們想著要如何讓旅程更加豐富。

於是我翻起他們塵封已久的照片，發現一張他們一九九一年去阿爾卑斯山上玩的照片，阿公做著特別的動作，而阿嬤就像個少女般，對著雪人擺出可愛的表情。我想著，

他們年輕時也很願意做各種的嘗試，但為什麼到了某個年紀，就不再做這些事情呢？相信大家都有年輕過，阿公阿嬤也曾經是少男和少女，似乎有很多的記憶都只是塵封在腦海裡，只是不願意再拾起。

我開始想，到底有什麼方法，能讓他們重拾熱情，讓他們找到自己的存在感，不論是對自己，或者對這個行業。過去，小孩子有自己的主見後，就算不再聽他們的話，他們至少還可以參加相關的洗衣工會，至少在產業裡面還有人會聽他們說話，可是在他們退休之後，他們對於行業的存在感也突然間消失。加上過去一些好朋友們一位位相繼離開，我想也是造成他們日益落寞的原因之一。除此之外，我也希望能做些什麼讓他們不要放棄對生活的熱情，不要放棄自己的價值，開始重新拾起自己對於這個社會的意義，希望讓更多人能夠知道，像他們這樣子一輩子只做一件事情的職人精神，是應該被尊重且重視的。

如果是你，你會怎麼做？

事實上，當下我還沒有任何想法，就只知道，如果不做，我看在眼裡真的很難過，如果不做，我以後一定會有所遺憾，總之，我也不知道我想做什麼，但就起了一個想為他們做事的念頭。

WANT SHOW Laundry
- Since 1951 -

萬秀
洗衣店

萬秀洗衣店 #Wantshow
wantshowasyoung #grandparents

一個新的態度

一樣的衣服換一件裙子、一樣的褲子換一件衣服，
再加上秀娥一個新的態度，就成了不同的萬吉和秀娥。

萬吉（身長 160）

襯衫：至少 6 年未取花襯衫

內衣：萬吉日常白內衣

褲子：萬吉私服工作短褲

秀娥（身長 155）

上衣：8 年未取紀念 T

領巾：再度由被遺棄的手帕擔綱

裙子：再度由秀娥 30 年私服擔綱

溫馨提醒｜洗衣服請記得拿、認同請分享

4.

「共感」——多年溝通學會的方式

說真的，在那段時間，我真的想了很久，也想不出有什麼方法可以讓他們產生一些改變，除了不斷和他們聊天之外，除了和他們分享過去幾年的事情之外，好像一直找不到一個可以讓他們跟我有更多對話和交集的方式，畢竟他們好像很排斥做一些在他們印象中「年輕人在做的事情」。

於是，我開始想起了過去幾年來，我和他們完成的一些事情，就像是那些合照一樣，之所以讓他們能接受這些事情，都是來自於和阿公阿嬤一起做的嘗試。或許很多事情在他們的印象中是存在過的，只不過因為時代改變，現在的做法讓他們感到陌生，所以在過去幾年之間，除了拍照之外，我也和他們去過不同的地方，這些都是來自於用他們能

夠理解的語言，和他們一起去完成的事情，這個我自己稱之為「共感」。這也是我前面幾年跟他們溝通所學會的方式，唯有一起改變一起去玩，才能夠完成一件事情，產生共鳴的陪伴，才是有價值且有意義的。

我想這也是很多跨世代溝通裡無法消滅衝突的原因。因為我們太習慣認為長輩是錯的，而長輩們也同樣認為我們是錯的，當雙方都覺得自己才

是對的的過程中，事情無法改變，一切也無法往前。這種單向希望對方為自己改變的心態，就是一種放棄溝通的開端。不只是對長輩而已，當我們放開來看，這亦適用於我們自己，甚至我們身邊的任何一個人。今天當你面對你的朋友、同事或者你的另一半，當你們都認為自己是對的，希望對方承認自己的錯誤，並且配合你，我相信一定不會有好下場。要不就是事情無法往前推進，要不就是大家結下樑子，如果今天是你的另一半，你們更可能因此分手或離婚。

所以，當大家都問：「你到底是怎樣讓你阿公阿嬤配合你的？」我其實也只能忠實的說，那不是配合，那只是來自於這些年來我們的相處，你必須一步步的去感受、去嘗試、去一起做一些讓雙方都認可的事情，一起創造「共感」，才可能有改變的契機。

WANT SHOW Laundry
- Since 1951 -
萬秀
洗衣店

萬秀洗衣店 #Wantshow
wantshowasyoung #grandparents

誰的粉絲比較多？

最近萬吉似乎發現秀娥粉比較多，就一直在拿以前照片出來，證明以前很帥，然後秀娥也不甘示弱，找了一堆年輕出去玩的照片。

萬吉

上衣：主人已領取

褲子：萬吉私服——洗衣服時穿的工作褲

秀娥

上衣：5 年以上未取女白 T

外套：2 年以上未取 Adidas 棒球外套

褲子：阿嬤私服，年代自己都忘了

溫馨提醒｜洗衣服請記得拿、認同請分享

5. 找到一件阿公阿嬤有感覺的事，用年輕人的方式一起完成

很多人想知道這一切是怎麼發生的、這是不是有任何可以模仿的地方或者依循的SOP？

我會說，這要從彼此的共感開始，之所以能有這樣的一個IG帳號，全部都是來自於溝通以及阿公阿嬤的教育，才能帶給我們家這樣的可能。而在那當下，讓我產生拍照想法的，來自於一次我坐在客廳的剎那；當我抬頭看到頭上那麼多衣服，而且還是我覺得很棒的衣服時，我突然想到：「是不是有機會讓這些衣服，產生什麼樣的可能？」

還記得前面提到的「共感」嗎？關於衣服和拍照就是從共感而來的發展，我想到了

或許把一件我很有感覺、阿公阿嬤也很有感覺的事情或議題去延伸，試著用我們都能夠理解和接受的方式去進行，是不是就有可能產生改變和行動？於是被遺忘的衣服就讓我很快的想到這份可能性。

為什麼是衣服？因為這是我和阿公阿嬤都有感覺的議題。

在成長的過程中，我一直覺得客人把衣服放在洗衣店是合情合理，甚至不覺得有什麼特別，雖然會疑惑為什麼放那麼久不來拿？阿公為什麼不丟掉？但似乎沒有去深究過這背後的問題和原因。可是當出去讀書、工作後，就會漸漸發現，這根本是不合理的一件事，而且這些衣服並不是因為不好，而是足夠好，是阿公他們認真清洗過的衣服，但被堆在家裡一點也不合理。這不只是我們家的問題，更是所有洗衣店前輩們所遇到的共同難題。

我們家因為是自己的店面，相對的沒有房租壓力，但對於很多洗衣店來說，不來拿的一件衣服，就等於每個月佔去一點房租的負擔。對於阿公阿嬤來說，衣服本來在他們

的成長認知中，就是珍貴且獨特的，自然不可能隨意丟棄。每一件衣服除了是自己洗過的付出，沒有收到錢也是一個不甘願的因素！所以「衣服」對於我們，是有共同感覺的議題，覺得不應該發生的問題。

而拍照呢？

多年來我跟他們拍照早已成了習慣，他們也不是羞於拍照的老人家，特別是一張幾年前他們出去玩所拍的照片，那是一張阿公作勢要親阿嬤的合照……。那次阿公報名了一個旅行團去到澳洲，我不知道他怎麼報名的，但是整團只有他們兩位老人家，在行前我送給他們一台相機，期待他們留下回憶，結果回來後在整理照片的過程中，我發現了一張有可愛畫面的照片。你能想像他們在景點前、當著一群第一次一起出去玩的團友，還有許多國外的遊客面前，八十歲的阿公就這麼給阿嬤親下去嗎？說真的我還真不能想像，這張照片讓我留下很深的印象，也知道他們依然保有一顆逗趣的心，只是可能要在特別的場合下才能被喚起！

因此，我腦袋一轉，想著或許把這些被遺忘的衣服放到長輩身上，如果在長輩身上也是好看的，那就更能凸顯衣物的價值，也應該能夠提醒大家洗衣服要記得拿吧？這樣的過程，不只可以讓阿公阿嬤參與到他們所在意的議題，就算他們有意見，也可能因為一個新的契機開始跟我討論，不論喜歡或者不喜歡，至少多了一個話題，就少掉一些無聊，有話講就會開心，也多了許多健康的可能。

不論照片拍得怎樣，至少我的朋友們一定會覺得很可愛，當阿公阿嬤看到留言，一定就會害羞的開心，至少也會產生了一點活力。更重要的，朋友們也自然會幫我分享，讓多一點人知道「洗衣服要記得拿」。

WANT SHOW Laundry
- Since 1951 -
萬秀
洗衣店

萬秀洗衣店 #Wantshow
wantshowasyoung #grandparents

有一種愛叫萬吉和秀娥的愛

如果今天還是秀娥氣勢贏，那我就會告訴萬吉，說應觀眾要求，必須出一篇秀娥特輯！

有篇 VOGUE 的文章說到：「有一種愛叫萬吉和秀娥的愛♥」，這是什麼愛？其實孫子也不知道，但當有人把整套好看的西裝送洗未取，拿來給兩人穿上，就算這次沒有相視而笑，就算衣服來自不同主人，也還是會覺得是情侶裝，這應該就是愛吧？

萬吉（身長 160）

成套西裝：至少 20 年以上未取成套雙排扣白西裝

內搭：8 年以上未取布達佩斯紀念 T（已找到新主人）

腰帶：萬吉的領帶

秀娥（身長 155）

成套西裝：至少 15 年以上未取全套卡其西裝

內搭：3 年未取白 T 恤

♥ **溫馨提醒｜洗衣服請記得拿、認同請分享** ♥

6.

用回憶創造共感，擺出最自然的POSE

前面提過，我不管走到哪裡，大家總是會問起的一個問題：「到底是怎麼讓阿公阿嬤拍出這樣的照片的？」想知道這些POSE是如何指導出來的、是用手機還是相機拍的？答案很簡單，就是我前面提到的，「找到一件他們有感覺的事，用年輕人的方法一起完成」，這個被我稱之為「共感」的作法，大家看到的，就是一個透過溝通和挖掘的結果。

說真的，一開始我也只是想做，至於會拍出什麼樣的成果，根本一點都沒有設想。當然啦，先決條件還是要讓阿公阿嬤願意這樣做，除了我們對於衣服的共感之外，我還是有使出「撒嬌」這招，畢竟阿公阿嬤疼孫子的愛是至少不會變的啊！

這些照片看似很像專業的POSE，其實都源自於我用對了「方法」，透過從他們的記憶中、生活中，去找到他們曾經經歷過或者看過的畫面，用提問的方式，讓他們回想到自己年輕時的模樣，也用我平常對於他們的觀察，去找到原來生活中就存在的畫面來轉化。這聽起來好像很難，但真的一點都不難，只要你試著用用看我所提到的幾個方法，你一定也有和阿公阿嬤或爸爸媽媽產生全新交集的可能！

這個「方法」怎麼用？其中我用最多的，就是詢問他們以前有沒有看過什麼？或者以前有沒有做過什麼？在引導的過程裡面他們就會自然的產生笑容、情感，也就成為大家所看到的畫面。就像是有張照片，其實只是我請阿嬤幫阿公梳一下頭髮，結果阿嬤就笑了；有張他們穿著帽T、潮外套的照片，則是透過電影的記憶。

因為我想呈現「態度感」，但我根本不知道怎麼用台語來解釋態度，於是我就透過記憶的方法，問他們過去有沒有看過電影，他們就會說「有」，然後我再追問是不是有看過黑道電影，他們也說「有看過」；於是我就把黑道的感覺轉化成態度問他們說：「在裡

面黑道都是什麼樣的表情？」他們就馬上做出了反應。因為阿公說：「像黑道根本不用做什麼，我不笑人家就會怕。」於是就成為大家看到的樣貌。

也有些畫面是用回憶和他們的日常去組合成的，像是我會故意問阿公以前怎麼看小姐，結果阿公就會擺出一種微妙的表情，但阿嬤就笑不出來了。當然我也會給阿嬤報仇的機會，例如有一張照片阿嬤笑得很開心，那是因為我跟阿嬤講，「很多粉絲都以為阿公的眉毛是假的，請他抓一下阿公的眉毛證明給粉絲看」，阿嬤就開心的笑了。而有的畫面則是請他們做平常在找衣服、拿衣服的動作再拍一下，或是阿公平常看報紙的姿勢、阿嬤平常跟客人們說 Bye-Bye 的動作，請他們做出來而已……。這些對我們來說習以為常的畫面，大家可能因為沒有看過，反而成為了意外的驚喜。

很多人覺得拍攝這種跨世代的創作很難，但我卻認為非常的容易。你只要平常有留心和留意這些生活上的日常，創作就像是在一張空白紙裡面，把自己生命中的經驗放在一起，它就可能成為別人沒有看過的畫面，我們家的照片就是這樣子來的。

當然，這些照片都不是要透過阿公阿嬤來得到什麼，反而是希望透過這個溝通去縮短彼此因世代差異產生的距離。在這些拍照的過程裡，因為我跟他們有對話，因為我了解他們的過去，也因此聽到了更多新的故事，進而讓我們的「萬秀洗衣店」有更多事情可以跟大家分享。

WANT SHOW Laundry
- Since 1951 -
萬秀
洗衣店

萬秀洗衣店 #Wantshow
wantshowasyoung #grandparents

會不會一直拍，大家就覺得不稀奇了？

秀娥：Hi 你好！ Where are you from?
這件襯衫，萬吉說還記得是一位女性顧客拿來洗的，但不知道為什麼，就只來過這一兩次，也沒有再來拿衣服，不知道是否也是外地來工作的人呢？
附帶一提，萬吉在拍照的時候一直問說：「會不會一直拍，大家就覺得不稀奇，就不想看了？」我跟他說不會，但他還是半信半疑啦⋯⋯

萬吉（身長 160）

短襯衫：至少 5 -10 年未取軟質襯衫

短褲：萬吉私服工作褲

秀娥（身長 155）

洋裝：至少 5 -10 年未取絲質駝色洋裝

內搭：秀娥私服

（這套應該不用內搭但秀娥不好意思）

♥ 溫馨提醒 | 洗衣服請記得拿、認同請分享 ♥

秀
萬
台灣省

7.

阿公阿嬤和你一樣也需要被肯定

如果你也是來自鄉下的小孩，請問你知道：「鄉下的長輩這輩子怎麼過的嗎？」

我相信這個提問大家思考的時間不會太久，不用花多少時間，我們大概就能想像自己家中長輩的一生。如果繼續問下去，「阿就那樣啊！」可能是我們會直覺回答的一句話。仔細想想，這樣蠻可怕的。一個人一輩子都在同一個地方，沒有太多嘗試的機會，當把所有的時間都用在把小孩養大、帶著他們從小開始嘗試認識人生後，小孩還可能不會花時間來陪伴你，帶著你做一些新嘗試……。講到這裡，大家會不會浮現自己的爺爺奶奶在鄉下客廳發呆的模樣？

這個答案的產生，有一部分來自於缺少陪伴、缺少對話，或許長輩們曾經也做過很多狗屁倒灶的瘋狂事蹟，但由於我們在長大的過程中開始放棄與長輩溝通、對話，他們沒有機會說，甚至認為你根本不會想聽，因此只能放在心裡，不再提起。這些塵封的記憶要想像並不難，因為「人都年輕過」，他們也曾經是年輕人，我相信在不同的時代中，年輕人都一定或多或少有一樣的過程。關於對長輩的反感，關於對新事物的嘗試，很多現在想起來稀鬆平常的事情，可能在當年都是一種冒險的體驗。但因為缺乏溝通，這些都成了「沒有機會說的豐功偉業」，我們自然會覺得長輩的一生是如此無趣，成為我們想極力掙脫他們的關鍵。

而另一部分，他們生活會過得無聊，可能是因為他們限制了自己可以做的事情。怎麼說呢？在我與阿公阿嬤相處的過程中，很常發現他們對自己所下的限制。例如當我要找他們出去，他們會回說「那是你們年輕人在做的事情」，他們似乎一直被教育著「什麼年紀該做什麼事」，就連我們也一樣。我們很常聽到有一種價值觀會告訴你「三十歲就不能隨便辭職、不能隨便放棄工作（但我還是做了）」，因為這樣，在同溫層中我們就看不到太多勇於挑戰的事，當我們「沒看過可以這樣做」，我們也會開始縮手縮腳，怕成為大家眼中的不同。而長輩也是如此，他們因為沒人這樣做，開始放棄那些可以挑戰和嘗試的事。

因為IG的影響，我發現了一種改變長輩的可能，他們也需要「看到自己被肯定」，不論是子孫的肯定、外人的肯定，都會讓他們產生一點點信心，願意做一些「以前沒做過」或者「想像不到的事」。我的阿公阿嬤就是最好的例子，從以前因為我同學說他們很可愛開始接受和我自拍，到後面因為我們一起做了這件事，開始被大家稱讚，他們逐步的打開自己心中的「沒有想過」（可能也有偷偷想過只是我不知道），讓我在開始有不同的可能和邀約機會後，總是以「他們人生沒有過的體驗」為優先，畢竟我覺得不應該讓阿公阿嬤因為成為網紅或名人後而多了工作，重點還是一切的初衷——愛。勿忘初衷，讓他們的生活能有可說嘴的事，有話可說才健康啊！

喔～對了，你可能會說「這很難吧」，但別忘了，前面我有提到，如果你也是孫子，在嘗試的時候只要使出「撒嬌」這招，就有可能啊！因為阿公阿嬤通常都很疼孫子啦！

WANT SHOW Laundry
- Since 1951 -
萬秀
洗衣店

萬秀洗衣店 #Wantshow
wantshowasyoung #grandparents

不要覺得自己老就只想休息

2020/6/27-7/27，讓萬吉和秀娥多麼驚奇一個月！
秀娥：「不要覺得自己老就想每天休息，因為這樣，只會讓你越來越老！」
2020/6/27 那一天，姑且一試的發了照片，沒想到讓萬吉秀娥從不知道 Instagram 的老人，變成了會看留言的年紀大的人！

萬吉（身長 160）

針織衫：至少 5 -10 年未取針織衫

上衣：萬吉私服 T - SHIRT

短褲：萬吉私服工作褲

秀娥（身長 155）

上衣：至少 3 -5 年長版落肩 T-shirt

裙子：秀娥 30 年以上私服

溫馨提醒 | 洗衣服請記得拿、認同請分享

BCDEFG

WANT SHOW Laundry
- Since 1951 -

萬秀
洗衣店

PART3.

你們毋知影ㄟ代誌可濟著了！

你們不知道的事可多著了！
—— IG 為阿公阿嬤帶來的轉變

1.

打開記憶的鑰匙，找回阿公阿嬤年輕的感覺

「你這樣做能賺到錢嗎？」是在我開始拍這一系列照片之前，跟朋友提及我的想法時有些人的回答。其實我很意外，我沒有想過，當我還沒信心、還擔心這個想法是不是「很怪」時，身邊一些人似乎先想到的是「利益」。

這也沒有錯，三十多歲的同輩，大概都正經歷一個被社會定義成該當作當為的時期，我們的家人、朋友，甚至放眼所及的人，都在告訴你應該成為你那年紀應當呈現的樣貌。在這樣的壓力下，有許多人放棄了夢想、放棄了嘗試，也有許多人把曾經的自己塵封，只為了在他人面前呈現那些被賦予「應該要呈現的樣貌」，而阿公阿嬤何嘗不是？

在一切的開始，也是因為當我想帶他們出門時，他們對我說「你們少年人去就好了啦」，而觸發我許多的想像和疑問。開始發現他們對於年紀的自我限制，開始發現他們把許多腦海裡的回憶鎖住，不再拾起，也才讓我意識到：「阿公阿嬤也年輕過啊！」當然，我很幸運，當我有這些想法時沒有就這樣讓它過去，而是實際去做，去延伸我的感受，才有後面的收穫。

「利益」這件事情，從一開始就不是我開設 IG 所想到的，甚至，我根本不知道後面會發生那麼多的事。對我來說，這一年多來，最大的收穫莫過於看到阿公阿嬤開心，看到他們因為 IG 帶來的轉變，因為 IG 讓他們跟我有更多的話題。其中，最開心的就是當阿公阿嬤開始跟我分享起過去，講起那些我不知道的故事，想要去證明他們「本來就很時髦」。

說起來很有趣，在開始拍攝後，阿嬤突然間每天開始翻箱倒櫃；因為我們家是木造的房子，所以阿嬤在房間打開衣櫃的聲音是可以傳到其他房間的，因此，我可以很明顯的發現阿嬤連續好幾天都在翻櫃子。一開始我以為她在找衣服，但某天早晨醒來，發現在餐桌上出現了一疊照片（而且還是黑白的），相信大家也知道，有時候長輩不會直接說，只會把一些東西放在顯眼的地方，希望你看到後來問他們，而我，剛好就是那個會發問的乖孫。

我開始翻起那疊相片，一張張看、一張張驚奇。有阿嬤年輕的少女照、有阿公阿嬤年輕的合照，還有阿公帥氣（且有頭髮時期）的獨照，我一方面是意外以前居然沒看過這些，一方面則是意外裡面有許多衣服，縱使現在來穿，依然是合理的時尚。阿嬤看我驚呼，也會開始說著自己以前有多時髦，可能因為我就照著她的劇本提問，所以她像是早知道我會問什麼、也已早準備好似的來跟我「炫耀」。結果，我越問越多，阿嬤也開始講起了許多我以前不知道的事情，我才更加發現，原來，很多的故事不是他們不說，只是因為他們沒機會說，甚至是因為晚輩沒有先開一個頭，以致於他們根本不知道這些是有價值且值得說的。

這些照片，也成為後面許多靈感的來源。我會問著阿嬤「這件衣服在哪？」、「那件衣服還在不在？」阿嬤除了清楚記得衣服放在衣櫃的哪個地方，當拿出來時說了更多關於過去做衣服的故事，例如因為質料、洗滌，才能讓這些衣服可以放到現在。這時阿公就會開始加入話題，雖然原本是要來念一下阿嬤以前買了好多衣服，但也會默默開一個戰區，說他的褲子比阿嬤的還久、穿破補了幾次，然後一邊補個刀，說著阿嬤「中年發福所以衣服才會穿不下，但現在瘦了居然可以穿了」，這些看似無關緊要的對話，卻是在我開設ＩＧ之前他們不會和我提到，也是我最開心的地方。

補了又補的褲子、嫁妝的小外套、和同事交換衣服穿……這些故事，意外的讓我挖到更多的「寶藏」，我發現有許多事情在追問之下，出現跟我想像或印象中不同的發展。有阿嬤害羞的跟我說哪張愛心相片是要跟阿公做項鍊的小故事、哪張是兩個人去獅頭山約會的甜蜜回憶……，還有從嫁妝開始聊起，我一路追問到相親的過程，才知道原來阿公和阿嬤的愛情，是阿公深思熟慮有沒有辦法養這個家才答應的結果。有太多太多的小故事是我以前所不知道甚至沒機會知道的，但我很幸運做了這件事，讓「好奇」成為打開這些時光盒子的鑰匙，讓我得到不能用賺錢利益所能比擬的收穫，這些比一切都還值得。

我相信，很多長輩並不是不想說，只是沒機會說，他們甚至認為你不會想聽。倘若我們晚輩能主動開始，或許就是一個契機，除了可以讓他們少問你一點「薪水多少」、「要結婚了沒」，還可能因為這樣讓你聽到更多以往從來不知道的故事！

國際 Tsai's
台中 后里

WANT SHOW Laundry
- Since 1951 -
萬秀
洗衣店

萬秀洗衣店 #Wantshow
wantshowasyoung #grandparents

我是不是要這樣？

這張真的很可愛！是萬吉拍照時自己玩開了，
拿著相機擺姿勢說「我是不是要這樣？」
看到他們自己樂在其中的神情就是最棒了的！

萬吉（身高 160）

外套：至少 8 年未取真皮騎士外套

上衣：至少 5 年未取條紋襯衫

褲子：至少 10 年以上未取導致褶痕處自然色落的工裝褲

秀娥 (身高 155）

外套：至少 5 年未取合成皮騎士外套

洋裝：15 年以上未取老洋裝

溫馨提醒｜洗衣服請記得拿、認同請分享

Canon

2.

生活多了事情去充填：你有沒有幫我們按「讚」

鄉下的可愛，在於人和人間的情感，那些擦身而過的一句問候、鐵門拉起才發現門前有一袋剛採收的菜、吃飯時間街坊鄰居端著煮好的梅干菜來……，都是只有生活在當下才會知道的小事。我也是離開家鄉後因為距離才發現那些如常，是一種我們鄉下小孩來到都市後才懂的缺憾。那種不為目的的鄰居交集、只是單純想與你分享的心，說真的，離家越遠，越會想念。

而生活在這樣日常的阿公阿嬤，看似什麼都不會改變、看似日子一樣充實，但我們沒想到，他們必須面對比我們更多的是——朋友鄰里的逝去。在IG帳號被大家知道之前的十年之間，雖然店裡一直會有人來泡茶、聊天，雖然洗衣店也還在營業，但時間會帶走很多的事情。就像接連幾次回來家裡，會發現似乎有來下棋的老爺爺很久沒出現，也會發現有某位婆婆開始認不得我，然後慢慢的連其他人也不認得，自然就越來越少來，久而久之，阿公阿嬤每天可以和鄰里聊天的時間就越變越少。

雖然這些老友的子孫也可能會拿衣服來洗，但他們並不像自己的父母親、爺爺奶奶般，會坐下來聊天、泡茶，閒話幾句。加上時尚習慣的影響，洗衣的人口也相對減少，特別是鄉下，在年輕人口外移嚴重的狀況下，當長輩逝去，年輕一輩對於「衣服需要拿去洗衣店洗」的需求也產生轉移。對於上一代來說，有時候洗衣服並不是因為衣物特別，只是一種習慣，那關於「體面」的自我要求，甚至有人的褲子其實已經補了又補，還是持續拿來洗，就只是一種習慣，也是許多老一輩的日常。

當這些事情產生變化，空閒的時間多了，無聊孤寂也越發明顯。沒人來閒聊幾句，加上疫情來襲，造成我們看到阿公阿嬤在白天百般無聊只好趴著的畫面，而原本只是希望透過拍照增加和他們對話，至少減少無聊時間的初衷，卻也意外的帶給他們更多的意想不到，帶給他們更多關於那些空白時間的充填。

其中最明顯的變化，就是來找他們說話的人多了，像鄰居、顧客來了之後會多聊幾句，縱使只是一句「最近很紅喔」、「我剛剛在電視看到你們」，都可以讓阿公阿嬤笑得合不攏嘴。甚至常常會有鄰居因為電視剛好播到我們，就打赤膊從家裡跑過馬路，只為了叫我們趕快轉台看看自己。這些片段，都成功地減少了阿公阿嬤無聊的時間。他們也會從這些事情開始聊起，演變成聊客人的爸媽、自己的過去。

「我們那時候都這樣啊！」像這樣的一句話，除了是一個話題，也同時代表著人對於記憶的拾起，甚至會因此讓客人回去翻以前的照片，跑來跟我們說：「我以前也是這樣！」大家有沒有覺得這句話很耳熟？沒錯，就是阿公阿嬤之前被我誘發的「共感」起手式！

阿公阿嬤也從不懂ＩＧ，到會跟客人說「你有沒有給我們按讚」。一開始連「粉絲」兩字都不懂的他們，本來還要我用那叫做「訂報紙的人」來舉例解釋，後來他們都懂了，會自己開始問起我要怎麼分享到 Line 給朋友，還會主動跟來的客人說：「有沒有看到我們走紅毯？那個你上網找都可以找得到。」加上偶爾有外地人因為喜歡阿公阿嬤來找他們拍照聊天，甚至還曾有過很特別的人物到訪，這些事情都深刻的改變他們無聊的日常。這些新加入的話題，也開啟另一個世代的顧客跟他們對話的大門。

我們的一件小事，除了讓阿公阿嬤拾起記憶，更成為別人家庭裡的一道橋樑，也因為「鄰居出名」，讓鄉下的鄰里們產生一種對在地的認同，這些連環反應都是意想不到，更是一開始根本不會想到的。但這些美好，只有我看在眼裡才知道，看到阿公阿嬤的笑容，看到鄰里因為我們上電視的笑容，我知道，我們和鄰里都在經歷一件沒有想過的事，都在經歷一件「在電視上看到的他人變成自己的過程」，這些，就是我再累也開心的源頭。

WANT SHOW Laundry
- Since 1951 -
萬秀
洗衣店

萬秀洗衣店 #Wantshow
wantshowasyoung #grandparents

Top Model —— 秀娥

前一陣子，做了一個調查，問大家喜歡萬吉比較多，還是喜歡秀娥比較多，結果秀娥壓倒性勝利，於是應廣大秀娥粉要求，特別推出秀娥眼神特輯。

（萬吉表示……）

溫馨提醒｜洗衣服請記得拿、認同請分享

3.

第一次被採訪，又期待又怕受傷害

因為IG粉絲的增加，這樣的變化，讓阿公阿嬤的人生確實出現許多邀約，但蜂湧而至的邀約我們並非照單全收，畢竟，創立IG帳號的初衷並不是為了那一切。而在這個過程之中，我為邀約設下一個自己內心的標準——能讓阿公阿嬤產生驚奇的「人生中沒做過的事」，甚至是他們可能「沒有想過的事」。因為這些才可能為他們的人生有些新的想像，開始跟親友們「分享」。畢竟大家可能也都沒有過這樣的經驗和可能。

一開始，就是從自己變成「新聞裡的人」、成為「電視裡出現的人」開始！

第一個體驗就是「面對電視鏡頭」。相信大家都知道鄉下人對於「上電視」有一種迷人的嚮往，縱使現在看電視的人不多，但你仔細想想「電視」對於阿公阿嬤甚至父母那一輩是多麼的珍貴。我爸爸那輩也都是從要去「別人家看電視」慢慢轉變到「終於家裡買電視」。特別對於阿公阿嬤來說，在還不會使用手機、沒有電腦的過去，電視可是他們在家裡工作時扣掉收音機和報紙的重要消遣，上電視這件事情可是驚天動地的！所以當電視台主動打電話聯繫我們家，詢問是否可以過來做採訪時，我立刻就答應，因為我開始想像當他們看到自己出現在電視上會有多驚奇的畫面。

沒想到第一次被電視台記者採訪後，應該原訂在晚間時播出的片段，他們兩老等了一整個晚上，還跑去跟對面鄰居說他們晚上會上電視，結果一直等，都沒有播出來。鄰居也來說：「看了一晚怎麼沒看到？」阿公雖然嘴巴說著「沒關係啦，本來新聞就是這樣，重要的才『做』啦」，但臉上難掩失望，我趕緊詢問電視台，才發現因為一些失誤，要延到隔天才會播出。

結果隔天一早我才起床，就發現電視已經打開，阿公阿嬤雖然故意不顯露反應，但身體還是很誠實的，用「打開電視」展現他們的期待。那天早上的氣氛很微妙，看似如常，但他們卻不時的注視著畫面，到了中午還是沒出現，阿公阿嬤就去廚房吃飯，交給我守在電視機，最終在他們吃到一半時，我大聲呼喊：「緊來看！」阿公連拖鞋都來不及穿，就端著碗衝出來，阿嬤更是口中還有飯馬上奔出來看。當他們看到自己出現在電視上的那一幕，我一輩子都不可能忘懷，那個笑容，是最美的一切。

待我們的片段播完，對面阿公的同學也過來說他看了，而家裡電話此起彼落的響起，幾位親戚陸續打來說剛剛看到了他們，原來，不只是他們期待，也有許多親朋好友就像他們一樣在家裡的電視機前守著。「這個我嬸嬸啦」、「這我鄰居」，這幾句話或許就在播出的當下也同時出現在這些親友家中。對於那一代而言，除了上電視的特別，連「電視上的人是我認識的」，都好似能為自己帶來一點不凡，想想這一切真的很可愛。

此後兩位老人家，從一開始面對訪問忐忐忑忑，到後來開始大笑開懷，阿公甚至還會跟不同媒體說起，「上次那哪一台拍這裡，你們要不要換拍另一個地方」這種話。那

些畫面看在我眼中都是又好笑又溫馨，至少，他們的人生開始有些不一樣的變化。甚至，後來出現了外國記者媒體來採訪，當我跟他們講「有外國人要來」，他們一開始還很緊張的說「可是我不會講英文耶」，雖然我一邊跟他們說放心有我，但再多的話，都比不上當外國記者一來的一句「阿公阿嬤你們好」才緩解了他們的緊張。有次採訪到一半，外國記者注意到我們家的神龕，還突然來了一句：「這是土地公嗎？」更是讓阿公阿嬤驚奇，原來外國記者對於傳統文化並不陌生，也讓他們打開了更多的話題。

真的很感謝所有媒體帶給我們家的驚奇，不論是哪一種面相的報導，或者是出現在國外的雜誌上，都讓阿公阿嬤多了許多跟年輕一輩講話的活力。也要特別感謝好幾個不同的國外媒體，像是BBC、CNN、紐約時報、CBS電視台、德國公共電視，讓更

bbc.co.uk

BBC NEWS

Taiwanese laundry-modelling grandparents are surprise Instagram hit

By Cindy Sui
BBC News, Taichung City, Taiwan

24 July 2020 | Asia

INSTAGRAM/WANTSHOWASYOUNG

"I never would've thought at my age so many

THE SATURDAY PROFILE

He's 83, She's 84, and They Model Other People's Forgotten Laundry

The owners of a laundry shop in central Taiwan have become Instagram stars for posing in garments left behind.

By Chris Horton

July 24, 2020, 8:44 a.m. ET

TAICHUNG, Taiwan — At Wansho Laundry in central Taiwan, most dirty clothes dropped off to be steamed or washed or dry-cleaned end up right back in the hands of their rightful owners, cleaner than when they arrived. Abandoned garments, however, can end up on Instagram.

The blouses and skirts and trousers adorn the bodies of the laundry's octogenarian owners, Chang Wan-ji and Hsu Sho-er, who have

Access more of The Times by creating a free account or logging in.

ESTERI

Due nonni e una lavanderia «Ne ho fatto le star di Instagram»

469

Elderly laundromat owners go viral modeling c...

CNN style

Fashion

Elderly laundromat owners go viral modeling customers' forgotten clothes

多外國朋友認識我們、看見台灣，透過從國外媒體的角度，大家看到了世界上正在面臨、但卻不一定有人發現的洗衣店問題。於此同時，國外媒體也看見我們三代溝通的親情，讓我們除衣服永續外也能感動無數家庭，進而許多人意識到與長輩溝通

的可能性……。這些都是我們一開始沒想到，卻讓我們一起為自身的價值從內心上了不同的顏色。

而面對國外媒體的經歷，更是阿公阿嬤到現在都還常常提及的。除了面對面的採訪，他們也因為國外媒體開始接受「視訊」的概念：與日本電視台的製作人透過線上對話、與美國電視台越洋連線，甚至還有波蘭的三方採訪，這些都是我們過去說再多他們也不一定接受的事情，但因為照片，讓他們有了嘗試的機會，也是因為他們願意嘗試了，才知道原來這些都是可能的！

更重要的是，當他們接受了，自然會去跟同輩分享，很多時候長輩的「不願意」，都只是來自於他們的不知道和沒有被肯定，所以當他們自己親身嘗試，用自己的經驗跟同輩分享，也就開始帶動他們那一輩友人的改變。不敢說我們的這些採訪改變了什麼，但至少讓他們能夠影響身邊那些原本不願意嘗試改變的同溫層。

WANT SHOW Laundry
- Since 1951 -
萬秀
洗衣店

萬秀洗衣店 #Wantshow
wantshowasyoung #grandparents

你最久的衣服穿了幾年？

秀娥今天穿了一件在 61 年前訂製的衣服，而你最久的衣服穿了幾年？

今天遺忘的衣物其實只有 萬吉身上那一件，但為什麼有這張？是因為秀娥在衣櫃翻出了她的「嫁妝」，秀娥身上那件小外套，是她當年嫁給萬吉時，她爸媽（我的曾外祖父母）幫她準備的嫁妝，距今已經超過了 61 年。
你可曾想過一件衣服過了 61 年，還是那麼實穿？其實很想跟大家分享一件事，就是從小成長過程中，阿公阿嬤一直要求我珍惜衣服，隨時拿回家洗、燙都沒關係，因為如果一件衣服好好洗滌、存放，是可以穿很久的，就像今天阿嬤身上這件，縱使 61 年了還是可以透過搭配重新找到價值。

溫馨提醒｜洗衣服請記得拿、認同請分享

4.

阿公阿嬤手牽手一起拍廣告

媒體的力量，確實讓更多人看見不同面貌的我們、不同角度的祖孫、沒有想過的洗衣店，也讓很多外國人看見台灣。自此，出現了更多有趣的邀約，但就像前面提到的，我就是想著「有什麼事對阿公阿嬤來說是有趣的」、「有什麼事是他們的人生還沒經歷過的」，在這樣的脈絡之下，即使我拒絕的事情不少，但也開始陸續接受不同的邀約。

我開始讓他們嘗試一些有趣的事，這些嘗試或許來自於我對他們的理解、認識，知道他們過去的生活，以及對於事物的好惡，這一切如果沒有過去三十年的相處和溝通，我是不可能感知到的。第一個特別的嘗試，是為知名車商拍廣告；那時候我腦中很單純的想到幾個事情，第一，他們從來沒拍過廣告，而且阿公根本沒有開車載阿嬤出去約會過！阿嬤還因此常常糗阿公，說他當兵都開大車，退伍後也常常說當兵開車的事，結果退伍之後就不敢開車了……，於是當我看到這個邀約和腳本後並沒有思考太多，只和阿公阿嬤說一下就答應對方了。另一個答應的理由則是，有這個邀約是因為廠商在國外的老闆看到阿公阿嬤的新聞後，直接找到台灣來，所以除了想圓阿嬤的夢之外，邀約緣由也是讓我覺得蠻振奮的事。

拍攝當天，阿公雖然說他一點也不緊張，還講「拍廣告比洗衣服輕鬆」之類的話，結果光第一幕就至少拍了三十分鐘以上，因為他沒有一次講對台詞，除了開始拍著自己腦袋說「拍謝」，也會為自己找藉口，看在眼裡其實可愛又好笑。而阿嬤則是因為第一次，常常會在鏡頭對著她的時候，忘記要面對鏡頭而下意識的看著鏡頭外的我，或許是一種熟悉和安全感的投射，也花了不少時間才適應。

不過說來神奇，這兩人，很快就好像熟門熟路，不得不驚呼阿嬤的潛力，阿嬤似乎有一種天然的氣場，舉手投足都充滿氣勢，縱使是失誤，也會在鏡頭裡面看起來是可愛的樣子。而阿公呢？他也沒有在休息的，他開始「巡視」現場，開始對錄音師提問了解器材，開始對燈光師提問，探討他認為哪邊光比較好，也跑去找導演，研究攝影機和小螢幕為什麼可以分開，因此我們開始為阿公加上一個新的職稱——「張監製」。我們發現阿公對於影像有自己獨到的見解和興趣，在後來的幾次拍攝中也不斷上演。甚至在某次拍攝中，明明不需要台詞的片段，阿公還教阿嬤要講些什麼話，因為他覺得「要這樣講話，畫面才會有那個感覺」，阿公當天直接升級為「張導」，雖然有時候不一定是導演真的要的畫面，但有什麼比這樣的轉變和意外更難能可貴的呢？

兩位八十多歲的老人家，在下班的尖峰時間於店外拍攝，扣掉十幾二十人的拍攝團隊，在路過、騎摩托車經過停下來看的幾十位鄉親面前，居然還可以在大家面前擁抱、偷親，這也是我意想不到的，沒想到這樣的一件小事，他們真實的玩樂在其中。最後，果然也跟我想像的一樣，當看到成果，兩個人可是笑開懷，阿公還要我教他分享，他要傳給朋友看，而我們的影片也被鄉親們轉到后里的社團，許多客人來了都會先說「我有看到你們的廣告喔～」，他們的表情我就不多說了，但我相信大家想像得到那有點驕傲卻又要裝做不在意的樣子。

在那之後，我們也陸續參與了幾個不同的案子，其中有一個是拍攝ＭＶ。這是因為想到他們一輩子沒有見過明星，就決定要參與，也因為這樣，他們認識了新一代的歌手，開始會去看娛樂版，開始叫得出歌手的名字，阿公還一直說想去聽演唱會！這也是我們第一次離開后里去參與拍攝。

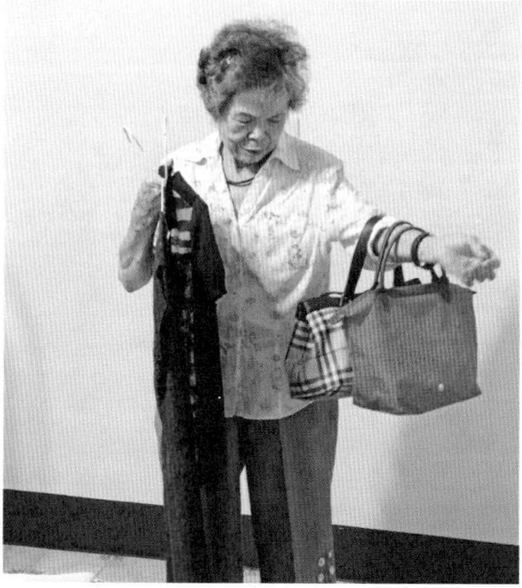

另外有一件很有趣的事，前面有提到他們已經很久沒有為出門

而打扮，結果那一次要出門拍MV的前一晚，阿公跑來跟我抱怨，他說阿嬤上樓卻不洗澡；因為阿嬤平常看完八點檔之後，就會上樓洗澡，大概十點多就會睡覺；可是那天到了十一點，阿嬤都還沒有洗澡，原來是因為阿嬤為了隔天要出門找了兩個小時的衣服。我上樓一看，阿嬤右手拿著幾件衣服，左手拿著包包問我「要穿什麼」，我就跟她講說「你決定就好，你明明就很會打扮」，接著我下樓去跟阿公說，不要念阿嬤啦，因為你自己也是擦了兩雙皮鞋擦了半個小時，在那邊走來走去問我「要穿哪一雙好」。

那天最後折騰到半夜，他們兩個才決定好自己隔天的打扮，結果在出門之前，阿公看著阿嬤的配色，又跟她提出了建議，最後兩個人就一起穿著黑色和白色有點像情侶裝的搭配出門去了，而且還給我「牽手」，雖然阿公依然十年如一日的堅持「是因為怕你阿嬤跌倒」，這些點滴都好氣又好笑。這一點小小的期待，確實讓他們原本已經看似放棄的事情起了一些變化，找到出門的熱情。

對了，那次也是兩個人第一次一起搭高鐵，過去，如果家裡沒有人看店的話，他們是不會一起出門的，阿公始終堅持著一定要有一個人顧店，因為怕客人來了找不到我們，可是那一次不一樣，兩個人終於答應把鐵門拉下一起出門去了！

WANT SHOW Laundry
· Since 1951 ·
萬秀
洗衣店

萬秀洗衣店 #Wantshow
wantshowasyoung #grandparents

萬秀的新制服

萬吉的上衣，是一件 15 年前我高中時，買給他慶祝父親節的 polo 衫；而秀娥的背心，則是來自被客人遺忘超過 20 年的背心。兩件衣服各自加上一個標籤，就可以當成新制服了！

溫馨提醒｜洗衣服請記得拿、認同請分享

5.

台灣優良老店，讓「萬秀」的名字被記得

上新聞、上電視、拍廣告、見明星，這已經是他們那一代眼中很神奇的事情了，這種在他們眼中遠到不能再遠的事件已經足夠永生難忘。但對那一代平凡老百姓來說更不可思議的事情是——總統來到鄉下找阿公阿嬤，阿公甚至還去了總統府見總統。對於鄉下來說，只要是電視上會出現的人，基本上出現在我們這種小地方，絕對是大家會去爭相目睹的時刻，更何況是總統，而且還在店裡面停留、坐下來聊天。縱使我保密多時，但那個陣仗，還是讓鄉親們驚呼連連。除此之外，台中市市長也在不同的場合和機會，將我們介紹給更多的人，這些都是因為阿公阿嬤願意和我一起做對社會與地球產生影響的

事情，才會出現的可能。

「萬秀洗衣店」是個橫空出世的名詞，我們也確實很幸運地得到非常多的關注，說真的有不少政治人物曾經聯繫過我們，但為了怕有不適當的聯想，我基本上都會拒絕。畢竟阿公阿嬤是大家找得到的人，我也不希望產生不好的影響，但我覺得他們對於台中和台灣能見度的提升，確實是值得被感謝和表揚的，於是當總統和市長關注到我們，並且在不同場合給予我們表揚及鼓勵，我認為這都是阿公阿嬤應得的。

總統來的那天天氣很好，一大早我們家外的街道，就瀰漫著不一樣的氛圍；突然出現的警員、開始有的交通管制，就算再怎麼無感的鄉親，也一定會發現有些異樣。而總統來的這件事，到來的前一晚我才跟阿公阿嬤說，除了我怕他們講「落勾」，來了一堆閒雜人等也不是好事。但畢竟是總統，在他們成長的背景中，那是一個非常遙遠的名詞，聽完之後，不管嘴巴上說著多麼不緊張，但臉上的表情僵硬是怎樣也隱藏不了的。

總統如約而至，來到店裡和他們坐著聊天，翻開我們剛收到從國外寄來、刊載了我們的故事的德國雜誌，也一邊關心著關於衣服沒被取回的問題。阿公阿嬤其實緊張到講話都跟平常不一樣，聲音變小，還有點詞不達意，但總統對他們讓世界看見台灣表達的感謝，也清晰的傳達到他們耳中，那張合照，雖然阿公阿嬤臉上僵硬，但絕對是一次特別的記憶。

而身為一家七十年的老店，我們有幸參與一一〇年度的台灣優良老店選拔，在眾多的企業之中，我們以一間小小的店獲得肯定，成功獲選為台灣年度的優良老店。除了讓阿公阿嬤一起去領獎之外，阿公也因此晉見了總統。阿公那天很開心，那是他人生第一次去總統府，總統還特別走過去問他「為什麼阿嬤沒去」，當阿嬤聽到自己被記得，雖然因為傷痛在家，卻也得到無形的鼓勵，這些都成為屬於他們夫妻倆人生命中一次次美好的情感連結。而能夠在各個大企業之中拿到這個獎項，對我們來說是莫大的肯定。願能透過這一段文字，鼓舞所有像我們一樣渺小的小人物都能繼續努力，都能讓努力被看見。

75th
商人節大會暨金商獎頒獎典禮
Golden Merchant Awards Ceremony
Pfizer
ASML
AAEON
YANG MING
陽明海運
金商
Elodie
法式路笛
遊山茶訪

WANT SHOW Laundry
- Since 1951 -

萬秀
洗衣店

萬秀洗衣店 #Wantshow
wantshowasyoung #grandparents

為什麼好的衣服還是會被遺忘？

你覺得這張萬吉秀娥的表情到底像什麼故事呢？
我自己是覺得像萬吉偷藏私房錢被秀娥發現啦……
很多時候都想不透，為什麼好的衣服還是會被遺忘？其實找到今天萬秀兩個人的上衣時，本來覺得只是很普通的白、綠襯衫，差點就掠過，但還好有拿起來細看，才發現這兩件在扣子的地方，都有精緻的刺繡花紋，或許也是因為以前的衣服不是全球大量生產，才能有這些細緻的細節吧……

萬吉（身長 160）

外搭：至少 5 -10 年未取花襯衫

上衣：至少 5 -10 年未取刺繡細花綠襯衫

短褲：萬吉私服工作褲

秀娥（身長 155）

上衣：至少 5 -10 年未取碎花白襯衫

裙子：依然是秀娥 30 年以上的私服

溫馨提醒｜洗衣服請記得拿、認同請分享

6.

驚呼網路的影響：世界的留言和訊息對阿公阿嬤的改變

很多人看見「萬秀洗衣店」，是因為看到我們所謂的「成名」，對於這個爆紅的成名過程，我能分享的不多，我感觸最多的，都是來自於看到阿公阿嬤的改變，這也是我每次出去分享、演講，希望透過那短短的時間內，傳遞出去的情感和價值。對我來說，這些比其他什麼都重要，或許他們的一小段變化、我自己所做的一點點努力，都有可能去改變和影響他人，甚至影響世代之間的情感。

會有這些強烈的感覺和使命，也是因為看見阿公阿嬤的變化所產生。他們人生中的新體驗、接受網路世代的語言、改變影響親友、找到老店的價值，這些事情的背後，除了他們呈現出來的快樂和嘗試跨出一步的精神之外，我是那個對於過程中前後變化感觸最大的人。我心中所產生的感動，從看到他們由「趴著的畫面」轉變為「出現笑臉」，更多的是他們會因為自己的活躍，開始在公眾和媒體面前，試著想去主動影響他人，告訴同年紀的長輩「不要放棄一切」。

在每次ＩＧ發文的過程中，我們都會收到非常多的留言和訊息，我相信如果你有看其他大概六十萬人左右的ＩＧ帳號，你一定會發現，很少有一個帳號像我們一樣，每一篇都會有上百則到千則的留言，更別說每天總是永遠99+的私訊。即使我到後來已經無法一一回覆，但還是都會看過一輪，並且拿著跟阿公阿嬤分享，縱使他們看不懂英文，我也會大致跟他們說這些留言是什麼意思。

留言很多、語言也很多，在過程中他們驚呼網路的力量，就像是看到好多不懂的語言在留言。有幾次，我設定了問「大家來自哪裡」的題目，讓阿公阿嬤教全世界的粉絲講台語，驗證了粉絲遍及全球，還真的收到好幾則練習台語的外國人影片。阿公阿嬤發現原來網路可以跨越國界，他們到現在還會提到外國小朋友用台語講「阿公阿嬤哩賀」是「臭乃呆」很可愛。而在其中，他們也發現許多留言的、回傳影片的，都是白髮蒼蒼的老人家，這些長輩除了留言他們的喜愛，更有許多人不約而同的說著像「我看到你們八十多歲了，還願意做這樣的嘗試，那我更不可以放棄，我也要努力」……等等的話。這些長輩回傳的影片、留言，我看了很感動也和阿公阿嬤分享，他們似乎開始發現原本以為逐漸在社會上失去的重心和存在感，正一步步建立起全新的可能。

長輩和我們的關係會開始產生變化，對話會出現代溝，就像前面幾篇有提到的，是因為存在感的消失，而急於驗證自己，除了由我們幫助他們建立存在感之外，如果能夠透過同輩，去找到存在感，或許也能成為一個全新的價值。長輩們的留言，正恰恰讓阿公阿嬤發現原來自己是「有能力影響跟自己一樣的人」，不一定總是要影響晚輩、影響同業，對於這些跟自己完全沒有關係的人，也是有產生全新存在感的可能。在這些回饋之下，他們開始說以下這些後來常常在媒體或報導中被提到的話，也是他們到現在會跟自己同輩說的幾句話：

阿公說：「我只是年紀大，不是老（有歲無老）。」

阿嬤說：「不要退休了就想休息，要活就要動，不然很多人休著休著就走了。」

這兩句短短的話，更多的是充滿了他們活到八十幾歲所看到的人生經歷，以及身邊同輩消逝的體悟，或許他們過去有這樣的感覺，但他們不一定能說出來，甚至也不敢說出來。透過世界上粉絲的留言回饋，他們開始在媒體前面、在公眾視野之前倡議這樣的概念，也可能因為這樣的體悟，他們兩位就更願意去嘗試我們接下來不同的更多可能。

我也希望自己在每一件合作上，都能夠帶進一些理念和價值，讓他們知道，自己在做的事正以不同的面相去改變這個社會不同的層面。

當你看到這兩位老人家用一種堅毅而溫暖的笑容在鏡頭前說著這兩句話，你一定也會和我一樣，知道自己到底要繼續努力什麼了。

WANT SHOW Laundry
- Since 1951 -
萬秀
洗衣店

萬秀洗衣店 #Wantshow
wantshowasyoung #grandparents

只穿拖鞋會不會很奇怪？

萬吉和秀娥異口同聲的問：「只穿拖鞋會不會很奇怪？」
萬吉和秀娥的人生堅持之一，就是出門一定穿上鞋子然後打扮整齊，在他們的經驗中，「拖鞋」一直不是「搭配」的一部分，穿上以前沒穿過的衣服，對他們來說一點也不奇怪，反而是穿上拖鞋來當成搭配的一部分，這對他們更新鮮！
至於老人家的堅持為什麼能被打破？是因為……他們愛我啊～只要願意跟老人家溝通，什麼都有可能。

萬吉（身長 160cm）

外搭：至少 5 -10 年未取綠色絲質襯衫

上衣：萬吉私服

短褲：萬吉今天起床就穿著的工作褲

秀娥（身長 155cm）

上衣：至少 10 年未取花紋絲質寬版 T-shirt

裙子：秀娥少女時代的私服

溫馨提醒｜洗衣服請記得拿、認同請分享

WANT SHOW Laundry
- Since 1951 -

萬秀
洗衣店

PART4.

咱愛用家己ㄟ力量
影響更加濟人

我們要用自己的力量影響更多人

── IG 的影響力哲學

1.

感謝那些在反對聲浪下支持我的朋友

一個有六十萬追蹤者且黏著度很高的IG帳號，究竟會有什麼樣的發展？

我想這應該是很多人都會想問的，特別是當你有了粉絲和流量後，到底該往哪裡走？就成為很多人關注的焦點。當然在我們有了關注後，確實先走了幾步，讓阿公阿嬤繼續擁有人生的嶄新體驗，但在分享接下來因為粉絲啟發我可以努力的方向之前，我想先分享一個小故事，關於「感謝」。

在有這個IG帳號之前，在開始拍攝阿公阿嬤之前，我對於這是「讓他們擺脫無聊最好的方法」這件事並不是那麼篤定。說真的，縱使我知道這是一件有意義和有價值的事，但我並不確定做了到底對或不對，甚至連要怎麼開始都不知道，就只有一個念頭——我想做，但我並沒有那麼多「相信自己」的信心。我必須承認，我也多少囿於社會的價值觀，當看到一件事情沒人做過時，也會沒有信心。可是我沒有放棄，我有一個調適的過程，就是每當想做一些不確定的事情時會去尋求討論，和朋友分享我心中的概念，透過聊天，強化自己內心的堅定。如果你也是跟我一樣的人，我建議你一定要試著去突破自己，至少像我一樣先把想做的事情說出來。

在說的過程中，什麼聲音都有，當然也有很不以為然的聲音。我印象很深刻的是前面提到的，有些人反問我「這可以得到什麼利益嗎？」、「這不會賺錢的事情幹嘛做？」讓我非常的詫異，我沒有想到一件想為家人和產業做的事情，有人的第一反應會是利益。這也沒錯，到我這個年紀，可能很多人開始必須承受負擔和社會期待，做一件事情是否有所回報，成為大家討論做與否的第一反應，但我正好是一個對於我的價值觀不被認同會更想證明的人。這些聲音也加深了我該做的決心，就好像想證明什麼一樣，讓大家知道，不一定做什麼都要有利益，因為這就是自己的家、自己的親人啊！

除了那些反問的聲音，我也很幸運，有好幾位朋友、高中同學，他們用不同方式鼓勵著我，勸我不要想那麼多，做就對了，不只認同我的想法，也給予我很多的信心。甚至有幾位朋友聽完，覺得很喜歡，就主動的跟我說可以來幫忙。我要特別謝謝我的老友皓哥、Eric、仔仔、從從、欣翰、Allen、Vera，是他們讓我真的跨出了第一步，裡面有人跟我說「你一定要做，不然以後會有遺憾」，有人跟我說：「做啊，為什麼不做！」還有人說「你一直都很有理想，但你就是需要我們推你一把。」雖然我知道我心裡的聲音，但沒有這幾位好友推我一把的助力，原本在心中的拉扯也不會這麼快拔河成功。

特別是皓哥、Eric、仔仔，他們都是我第一次拍攝阿公阿嬤時就來到我家幫忙的重要朋友，因為我可能很熟悉阿公阿嬤，也知道有哪些衣服很棒很好，但我也不是什麼都會，是這幾位朋友：皓哥帶著自己的 GoPro 來記錄我為阿公阿嬤做的一切、來陪阿公阿嬤講話，還馬上剪了一支影片讓阿公阿嬤留念；Eric 則是發揮自己造型專業帶著一大箱的配件，並且看見阿嬤私服的價值，成為後面許多重要合作的造型要角；而仔仔則是在我開始整理衣服之初，就來我家跟我一起埋首在佈滿灰塵的衣物中整理。當然後面發生的一切，就是大家看到的樣貌，而這些朋友也在後來我們開始有媒體採訪、廣告拍攝時，

各自分工，甚至在我忙不過來時義務從各地自掏腰包跑來我家，讓我在處理各項拍攝事務時，能幫我看著阿公阿嬤，幫他們更換衣服，讓我無後顧之憂的專心負責對接和對流程，到後來，阿公阿嬤看到他們也像是看到自己的孫子一般的疼愛。

如果你也像我一樣，心中有想做一件事情的悸動，或者你有一個想為家人做點什麼的想法，只要你願意說，就可能有人願意一起來努力。如果你沒有說，沒有起那個頭，這些朋友也不會想到自己能做這些事情，所以請一定要相信自己啊！你的一個想法，很可能就是別人怎麼想都想不到的，就像是如果我沒有這一個念頭，想到可以找大家來嘗試，大家或許只會去做新衣服的造型、只會去想著要買什麼樣的新衣服來搭配，就只會做著自己習慣領域的事情。但如果你去實踐心中的想法，除了可以做自己喜歡的事，也會為別人創造他不曾被看到的價值。

如果沒有你的這起心動念，很多事情都不會改變，有時候因為你的一個舉動，能帶動很多機會，如果你創造的是這樣的價值，那你就是獨一無二的。

登記證

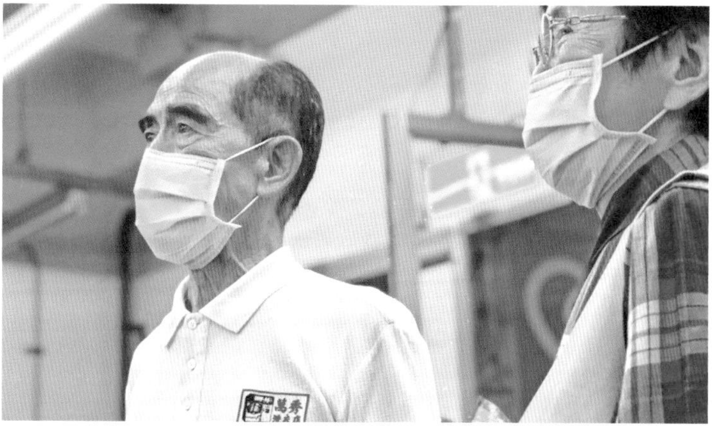
萬秀

WANT SHOW Laundry
- Since 1951 -
萬秀
洗衣店

萬秀洗衣店 #Wantshow
wantshowasyoung #grandparents

你會覺得這套衣服是老衣物嗎？

這一套，萬吉的衣服是被客人遺忘超過十年的上衣（扣子還是金屬扣），而白褲子則是他自己年輕時所穿的喇叭褲，我們只是把褲子的長度改短了，加上了一些小配件，這樣一搭配還是可以很時尚！

而秀娥的洋裝，則是在衣櫥待了好幾年的舊洋裝，配上她自己年輕時候的窄版腰帶。這兩套穿在秀娥和萬吉的身上，把色彩好好搭配呼應後，就可以在不同花樣的情況下，自然的變成了情侶裝！

♥ 溫馨提醒｜洗衣服請記得拿、認同請分享 ♥

2.

每天的訊息回饋與分享是繼續的動力

我們的IG，除了讓我們找到自己的價值之外，真的有非常多的品牌找上我們，畢竟在流量就是一切的現在，業配是合情合理的，甚至自有商品的出現都是一種自然，在那個當下，確實我們收到非常多的邀約。「可以跟你們合作嗎？」、「可以幫我們業配嗎？」，建議我趕快出商品的聲音不斷出現在周遭。有些品牌或商人，就直接帶著產品，在沒有告知的狀況之下，跑來我們家裡或者寄到我們手上，可是卻讓我想著：「這真的是我要的嗎？」、「難道有了粉絲，就一定只能化做商業利益嗎？」

商業化絕對不是錯，我自己過去工作的經歷也告訴我，在那麼熱烈的時候，只要推出商品，一定馬上能熱銷一空，特別是去年七月，有許多人叫我趕緊用 logo 印一印 T-Shirt，趕快賺一筆，大家可想而知，如果那時我趕緊做周邊商品，六十萬人只要有一萬人買，一人買一件就能賺不少錢，雖然買房還是很難，但似乎也還算是個不錯的建議。或許我就不用像現在把自己的存款全部都拿出來做一些倡議，當然那時候也不可能想到現在還要為了籌錢苦苦掙扎。但可能就因為我是一個情感大過理性的人，透過阿公阿嬤的反應，透過他們的改變，也透過粉絲們的回饋，我發現有很多更應該趁著現在有人願意關注我們時去做的事情。

那時的我，每天都會看留言，每天都會看私訊，收到很多人對我們的喜愛和祝福，除了跟阿公阿嬤分享留言都說了些什麼，其中，我看見更多的是粉絲們在這件事情上所產生的「共感」，那些從照片和透過我們家的故事去發現的感動和感觸。我常常被問，對於我現在所做的事情看起來很難，有沒有因為這些事情而累到哭？說真的「沒有」，我哭最多的，反而是來自於我所收到的留言和訊息，這些他人反饋給我的感觸。當時因為國際時差的關係，我總是習慣一個人在深夜才開始看這些回饋（早上起來剛好可以跟阿公阿嬤分享），我發現，很多人並不只是因為穿搭才關注我們、寫下留言或發送訊息，很多人是因為在裡面看見自己的缺憾、期待，甚至是對於世界的希望和溫暖才發送出那些文字。

這些訊息裡面，很多人提到在全世界碰上疫情這麼艱困的一段時間之中，因為看到我們的照片為他們帶來溫暖和笑容，讓他們看見在自己國家那麼糟糕的狀況之中，終於有一則是充滿笑容的新聞畫面，所以謝謝我們。確實，那段期間正逢世界疫情最糟糕的一段時期，當我瀏覽到國際媒體的頁面時，除了疫情的新聞，大多充斥著暴力事件、種族問題、森林大火，好像全世界最糟的時刻都聚在了一起，新聞畫面播放的是沉或黑的色彩，而我們的新聞與照片正好就為其中帶來了一絲光明。

也有許多國內外的長輩說「要向阿公阿嬤看齊」，這是我很意外的，他們讓許多上了年紀的人看到一個新的可能和希望，而在希望的另一面，也同時有許多年輕人，開始跟

我說他們的遺憾。這些人的年紀可能和我差不多，他們透過留言、訊息，跟我說他們現在才發現自己失去多少，但當他們發現這些時，已經來不及，因為他們的爺爺奶奶已經逝去，他們很遺憾自己當時沒有這些轉念，沒有想到可以這樣開啟對話。有些人甚至是傳著六、七百字的文章來和我說這些感受，並且附上照片跟我分享他們的爺爺奶奶，分享他們的愧咎與遺憾。說真的，現在願意打那麼多字分享感受的人似乎真的很少了，但我卻收到了很多，這些讓我在深夜留下眼淚的情感，到現在還常常不斷回想，這是讓我確定自己應該要去倡導世代溝通的濫觴，也是讓我可以堅持以及莫忘初衷的重要動力。

除了情感外，也開始有人問關於衣物保存、清洗的方式，透過我們把超過二十年以上的衣服拿出來分享，大家還問起了衣服是如何可以放那麼久的祕訣，還有遇到髒污要怎麼在家處理；尤其是泛黃、原子筆、血跡，基本上可以並列最常被問的前三名。另外也有許多人問起穿搭建議，好奇到底該如何打破框架、找到新的可能，還有人開始跟我分享起今天在家找到的舊衣，來詢問建議。

一開始想透過照片讓大家發現洗衣店衣服沒拿的問題的初衷，也開始被看見。很多人很意外有這樣的狀況，他們甚至認為每次經過洗衣店看到衣服很多，都以為生意很好，殊不知是因為有太多人有意或無意的遺忘，這些事情帶給他們新的意外，也帶來一種對社會價值的衝擊。種種不同的反應和回饋，都讓我知道情感流露是多麼的難得與深刻，也都成為啟發我走下一步的原始動力。

57
5
秀萬
TEL.256251

WANT SHOW Laundry
- Since 1951 -
萬秀
洗衣店

萬秀洗衣店 #Wantshow
wantshowasyoung #grandparents

超過 40 年兒孫的制服

在我們家的衣櫃中，除了秀娥的豐富私藏之外，還有很多我們的學生制服！年代橫跨了 50 年，每一件在畢業經萬吉清洗後就一直留存到現在，像這一套就是兩件學生制服，萬吉身上的上衣，是我（孫子）高中的制服，距今 16 年了（而褲子則是他 20 年前訂做的西褲）；至於秀娥身上白色上衣，則是我叔叔的國中制服，距今超過了 40 年（而裙子則是秀娥的老裙子）！
其實從小，萬吉秀娥就很在意我們家穿衣服的整潔，所以不只我，我的爸爸叔叔姑姑們，所有上學的制服都一定是燙過的，這不只是因為對衣服的珍視，更包含了萬吉和秀娥對於自己求學的缺憾。

♥ 溫馨提醒｜洗衣服請記得拿、認同請分享 ♥

3.

看似一件小事，也有改變地球的可能

因為回饋而產生的動力看起來好像很籠統，如果要簡單說，就是發現了自己的那些「熟悉」原來是大家的意料之外。

由於在媒體和ＩＧ上的一切，都是我從小到大再熟悉不過的事情和真實，很多事情原本就是我成長的養分，在自己太習慣的狀況之下，根本不會想到在別人眼裡是那麼的不同。因為大家的回饋、我們參與的一些活動，以及來找我們談的合作，讓我知道了原來有許多我認為的理所當然，並不是大家所認為的。身為一個喜歡去延伸感受的人，開始發現原來很多眼淚不只是眼淚，而是一種現在產業、社會和環境上遭遇的困境，更是一種亟待更多人關注才能產生改變的議題。

就像世代的溝通，透過大家遺憾的感觸與回饋，讓我發現應該要更努力推廣的價值；就像衣物保存，讓我發現大家並不是不願意做，只是不知道該怎麼做；就像衣物不拿的問題，除了是一種浪費，也可能是一種家庭或情感的割捨；對於老衣的穿搭，這是我成長的日常，大家只是可能還沒找到方法跳脫品牌引領的框架。這一切都是發生在大家身邊，但不一定會有人意識到的小事，也讓我發現這些都是值得去改變和倡議的價值。

這些過程除了從粉絲的回饋裡看見，也因為外界不同的邀約，讓我更加相信不只是我這樣想而已。例如在演講的邀約中，有社區大學邀請我跟長輩們用阿公阿嬤的例子，鼓勵他們跨出一步行動、有學校來邀請我跟同學們講親子溝通，以及如何找尋自己人生的夢想、有企業邀請我去舉辦造型的工作坊，從不同的邀請之中，看見這些議題能透過我們的案例被重視及倡議的可能。

而另一個關鍵，則是「台北時裝週」。本來對我而言，走紅毯只是為了成就阿公阿嬤

的一個嶄新體驗，沒想到的是，台北時裝週邀請我們作為循環時尚的大使，一個素人家庭，能夠從時裝界裡得到這樣的肯定，這是很值得珍視的。因為我們確實與傳統時尚不斷消費和購買的習慣相異，我們講的是物品的使用時間，不是不買，但透過告知大家如何活用老物件，來跳脫框架，延長一切人、事、物的價值，這樣的代表性頭銜，也讓我更加相信能夠為環境盡一份心力的可能性。

且因為洗衣店是我的家、我的根，也是許多同業小孩的家和根，當我開始面對產業不公平的法條現況，也收到其他洗衣店同業或二代、三代的回應，大家似乎一直都有同感，只是過去從來沒有人願意跳出來針對不平來發聲。

當然，一定很多人會問：「到底有沒有人因為看到衣服而來拿？」老實說：「沒有。」因為衣服真的都放太久，有些人早已過世。

但除了我們店之外，在與其他前輩的碰面談話中，發現有客人因為看到新聞而趕緊跑到他的洗衣店，很抱歉的來領回，這是一件蠻正面的事情。同時，我收到不少前輩跟我說：「你真的很棒，我們洗衣店行業沒有這樣被重視過！」也因此我著手寫法條的修正建議、找律師諮詢，找唐鳳政委支持，希望透過政委的幫忙、背書，正式的向部會提出修正的可能。非常有幸得到了政委的支持，讓我更加有信心的相信自己在往對的方向去。

這一切，讓我發現原來一直習慣的事情，是他人所不知的，也看見了做一件小事，有改變地球和環境的可能。看起來範圍雖大，但也跟初心緊緊相扣，除了阿公阿嬤的開心，也透過這些我們在做的事情，讓他們更加找到自己的社會價值。特別是在年老的過程中，讓他們知道，自己有能力為社會盡一份力，或許就是讓他們支持著自己，更健康生活下去的一份力量。千萬不要妄自菲薄，也不要看輕任何一位身邊的人，很多事情很可能只是他人還沒發現，或者你自己沒有察覺，生命中的許多智慧和可能，都必須先拋掉成見，才有辦法洞見。

溫馨提醒：洗衣服請記得拿

WANT SHOW Laundry
- Since 1951 -
萬秀
洗衣店

萬秀洗衣店 #Wantshow
wantshowasyoung #grandparents

等待下課要去約會囉！

總覺得當萬吉和秀娥穿上自己兒孫的制服，好像比之前都還興奮，特別像小孩子一樣！

上篇提到了萬吉和秀娥關於求學的缺憾，其實這缺憾來自當年的家境，在家境不好的狀況之下他們只能讀完小學，像是萬吉，他一共有六位兄弟，可是家中的經濟只能允許大哥讀高中，身為老三的他，曾跟我說過他當年跟曾祖父怎麼爭取想要讀初中的故事，但也是因為爭取不成功，才會在 14 歲踏上了開洗衣店的路……
但他們努力工作，為的其實不是富裕，而是把缺憾和希望寄託在兒女，包含孫子，希望我們能受到好的教育，不要辛苦失學……
今天的萬吉和秀娥搭配，一樣是來自於放了 16 年的孫子制服和 40 年的兒子制服，但換了帽子和各自私服短褲，並且在秀娥的身上配上一件放置有 20 年的老襯衫，就好像下課要去約會的年輕人！是吧！

♥ **溫馨提醒｜洗衣服請記得拿、認同請分享** ♥

4.

慢慢發現的影響力：希望萬吉、秀娥被記住，是對社會有貢獻的人

你有想過為家人做一件事情，有可能能產生改變社會的影響力嗎？

我根本沒想到。或許我在讀書時曾一直有著想改變社會的理想抱負，但也知道這會很難，我不會知道，這樣埋在心中的一粒小小種子，會在十幾年後成為點燃我不顧一切想把握的熱情。

慢慢發現的影響力，是我未曾想過的，而我們所代表的價值，更是我一開始也沒發現的，我根本不會想到一個想為家人做事的初心，卻能成為一股改變社會的力量。當訊息湧入，當開始有人向我感謝，甚至親手拿給我他寫的信、提到他獲得的感動，每次落

下的眼淚和身上浮起的雞皮疙瘩感受，是真實且深刻的身體記憶。我發現當我們有能力時，可能可以改變很多人、事、物，如果我們有六十萬人的基礎，每個人都願意向身邊的一個人說一個可以改變的觀念，那麼或許就有一百二十萬個能去改變社會價值的機會，可以為地球做一點什麼，這比什麼都可貴，也燃起我更多的熱情。

一個人一輩子能夠影響多少人？或許光影響周遭的十個人都很難了，除了溝通的難，也因為我們不曾去做，或者根本沒想過自己可以做。所以當我想到我們可能有一百二十萬個能改變別人的機會，縱使不是全部的人都能被傳遞到，但只要裡面有幾百人、幾千人因為我們的倡議，開始做出對社會改變的價值，那麼一個人的一輩子或許也值得了。

當我發現阿公阿嬤開始對著大眾講著他們對「老」的定義、鼓勵大家，我心裡也想著，如果我有機會讓更多人記得阿公阿嬤對社會的貢獻，假如他們終有一天離我而去，只要在那時，能被很多人記得「萬吉、秀娥，是對社會有貢獻的人」，那我想他們的一輩子也值得了。身為一位孫子，能為他們做到這些，那我對於他們的養育之恩，就將是最好的回報。現在，就是我該做的時候，在未知的時間內，去努力的做到這些。

這些想影響他人改變社會的心，以及對於阿公阿嬤的回報，很大一部分來自於從小阿公阿嬤和爸爸的教育，潛移默化的軌跡，那些說著「對社會有益的事就要盡量去做」的時刻、那些阿嬤偷偷跟我說她捐了錢，卻怕被阿公發現的時刻、那些阿公把衣服拿去給窮苦人的時刻……。這些在成長背景裡不會明說的道理，是當自己回想時才發現的家庭教育，尤其是在客廳裡面聽到的那一句、對我影響很大的話：「如果自己好，那不叫好；如果能讓別人因為你而好，那才是真的好。」這些片段，就是讓我長成現在模樣的一切。

但也別忘了，這都是來自於願意傾聽、接受長輩，而不是在同一個空間裡「屏蔽長輩聲音」的能力。或許你也可以回想看看，是不是曾經在你家的飯桌、客廳，聽到過類似的話呢？

WANT SHOW Laundry
- Since 1951 -
萬秀
洗衣店

萬秀洗衣店 #Wantshow
wantshowasyoung #grandparents

真的很謝謝大家

每當我念大家的留言、訊息給萬吉秀娥聽時，他們總是會笑的很開心，沒想到有那麼多人喜歡他們，真的很謝謝大家，因為大家，他們也能有些重心不那麼心煩。

♥ **溫馨提醒｜洗衣服請記得拿、認同請分享** ♥

5.

就算遇到不會的，就算遇到負面的，也要莫忘初心

可能當很多人看到我們這個帳號帶來的流量、看到我在媒體前侃侃而談，看到我好像又會拍照又會寫字，似乎對於一切都得心應手，什麼都會，誤以為我有許多資源、人脈或者有強大的背景。我想跟大家分享：並不是這樣，每一個沒有背景的人如你我，都有這樣的可能。就像前面說到的，我們家只是一間開在鄉下小小的店，我的阿公阿嬤爸爸都是你我周遭每天看到的一般人，我們沒有顯赫的家世背景，我也不是一直那麼有自信的人。之所以能敢於面對，很多都來自於我身為一位長子長孫、很多事只能靠自己，被迫要獨自面對所訓練出來的。

在做「萬秀洗衣店」到現在的過程中，我當然也有很多徬徨、擔憂、不擅長的，也會在過程中聽到負面的聲音，持續會有人質疑「為什麼要做這件事」、「做這些定有所圖和所求」，也有人用言語攻擊我的家人，也遇到過同業間有某些特殊的競爭關係，但這些都沒有讓我放棄。除了這已經不是我第一次在自掏腰包的活動上遇到質疑，更重要的是，我看到為什麼我能感動自己並且延續的那股感受，那股努力下去的動力。

「感動自己」聽起來很難，其實就是找到那些讓你快樂的時刻，記住它，記住自己曾經因為什麼而廢寢忘食，因為什麼熬夜也願意。而我，就是在過去的生命經驗中，發現我喜歡創造感動和改變他人一起變好的事情，這樣的時刻來自於過去辦活動的經歷：

二〇〇九年，我擔任總召舉辦「牯嶺街書香創意市集」時，在活動最後，當地里長於舞台上說了一句對我的感謝，還有里民們的接納和笑容，就是那一個讓我起雞皮疙瘩、因而忘記熬夜勞累的時刻，我發現自己喜歡因為一個念頭或行動去改變一些事情的特質，並且記到現在。每當懷疑自己，就想起那個瞬間。也因為這樣讓我持續的做著另一個由自己發起的非營利活動"Change Christmas X Strangers"長達十年，我似乎能在每次差點放棄的時刻，都找到一點希望的光。

或許你也可以想想，在你的生命經驗中，是不是曾經有任何一個時刻，是讓你可以因此熬夜也不覺得累、讓你推掉約會也不會後悔，或者是在做某件事的過程之中，發現時間怎麼過得特別快。這些時刻或許微不足道，或許他人會跟你說「那沒什麼」，但這些時刻都是可以將夢想轉化為實際的動力。就算只是覺得打電動很開心，那也可能透過電動轉化成某種工作上的動力，特別是當你在工作時找不到「開心」之際，請務必試著回想，那些曾經讓你有所快樂感觸的當下。

在這一年多的時間裡，我不斷的靠著很多自己影響了某些人事物的感動瞬間去維持熱情。就像某一次的攝影講座有一位婆婆來聽，聽完她走向我，邊哭邊跟我說著「你真的很棒，在做很棒的事」；也有一次去陪伴獨居老人，一位當天我一直陪著她講話的奶奶，在我離開前默默塞一顆陳皮梅給我，跟我說「別跟別人說，只有你有」；還有粉絲或寄或親手交給我手寫信，裡面寫著感謝我們的故事讓他找回已經放棄的夢想。最重要讓我可以支撐下去的動力，是當我看到我阿嬤，只要有人來，就拿著我演講的海報跟別人說「這是我孫子」的驕傲神情、阿公阿嬤在採訪者面前笑得合不攏嘴的畫面。這些時刻，在在都是讓我能在面對徬徨和負面聲音時，能夠堅持下去的重要力量。

或許你看到這裡，會認為只有熱情不夠，還得要有面對「不會」的能力啊？但我也想跟你說，很多時候我也是從什麼都不會開始，硬逼著自己去嘗試，不要因為這樣就說出「我不會」、「我不想」，不只可以讓自己多會一點技能，重點是，如果你不做，不去嘗試，就不會有人因為被你感動來幫你或者加入你；唯有你開始了，願意去跟別人說，才有機會有更厲害的人來和你一起感動他人。

WANT SHOW Laundry
- Since 1951 -
萬秀
洗衣店

萬秀洗衣店 #Wantshow
wantshowasyoung #grandparents

一點也不輸年輕人的態度

當 80 幾歲的老人，穿起這樣的衣服，「態度」一點也不輸 20 歲的年輕人吧？
說真的，開始這個 IG，真的是我二〇二〇年遇到最棒的事，除了給了兩位老人家新的人生體驗，也讓我們全家都獲得了很多鼓舞，希望阿公阿嬤的精神，也能讓看到照片的每一個地方，都能有一點力量和喜悅！

♥ **溫馨提醒｜洗衣服請記得拿、認同請分享** ♥

DID YOU EVER
TASTE A SIP
OF THE SUN?

6.

我聽完你的演講，真的有很多的收穫，所以想寫字跟你說

演講已成為我生活的日常，這一年多來，到二〇二一年末，應該會達到將近八十場大關。或許有人會覺得我到不同的地方演講，可以順道去玩或只要講講話很輕鬆，但其實每一場演講，都需要花很多時間準備，縱使題目一樣，我會去研究要聽的人是誰、要用什麼語言、怎麼調整語彙、要帶入哪種情緒，還要消化很多人的情緒，一場二小時的演講，前後要花比這更多的時間準備。

我以前也不知道自己能這樣講，但隨著一場一場講、一場一場接，偶爾自己邊講邊忍不住流淚，有時候則是台下的聽眾忍不住流淚；那些都是我的生命體驗，就算睡的再

少，也會用盡全力去分享。每次講完一場，都會有一種氣力放盡不想說話的感覺，但每當有人因為聽完我的演講，跑來跟我說聲「謝謝」或者說他們的感受，我就覺得一切都值得。也因為這樣，我很喜歡去學校分享，因為那種能讓學生看見自己夢想可能成真的力量，是一切都無法比擬的。

記得我的第四十八場、在沙鹿的演講，有聽眾舉手謝謝我，而我對他們說：「你們感謝我，但我更感謝你們，因為我在其他地方受到的很多挫折，都靠著你們給我的這些而有了持續願意相信自己的動力。就是這些故事和回饋，讓我知道我在做的事情是對的。」曾經有一位上班族，拿著一張自己畫的圖跟我說，他已經不是第一次聽我分享了，但他很謝謝我，本來因為工作，對於畫畫早已放棄熱情，但因為我的分享，他開始想起來些什麼，也把很多對待下屬的感受重新檢視，所以畫了張圖給我，我真的很感動。特別是那張畫後面寫著：「謝謝你用影響力，影響著我 :)」

也有一位同學，抄了整頁滿滿的筆記，他說他大五了，努力的想成立劇團，但一樣

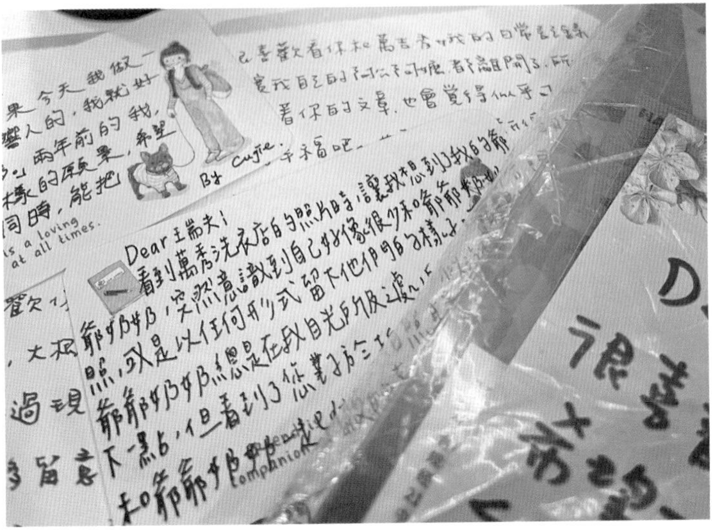

面對很多信心的質疑和困難，聽完我的演講，給他很大的力量。我跟他說：「我現在回想，都覺得二十幾歲的自己太容易感到害怕了，你一定要加油，不要有遺憾，至少在未來不得不面對現實之前，先走自己的路，不要放棄。」

還有幾位學生，提到自己也正在修復一些關係、正在面對自己的家庭，大家各自有不同的困難，甚至不知道從何做起，我只能跟他們分享我的經驗，但我真的覺得願意珍惜現在身邊所有的，並且開始行動，是一件很棒很有意義的事，只要開始做的人，我們都一起加油！

此外還有許多不同的回饋，包含想一起幫

忙的、想加入CCXS（Change Christmas x Strangers）的、問關於經營社群的，也常常收到有人傳給我幾百字私訊、卡片，以及在不同貼文裡提到自身感受的文字，其中還有一位上班族寄來一封寫了三四張信紙有滿滿感觸的信。

有一位從苗栗來的聽眾寫了一段很長的文字給我，提到：「你真的忙瘋了像個神經病，張瑞夫就該當公共財。」沒錯，這世界上真的需要一些難相處、熱愛堅持原則和理想的人如我，做一點可能會被討厭的傻事啊～全力的往一個傻傻的方向去，只因為我覺得這件事很有意義，就像我演講最後說的：「大家一起為這個社會和地球更好吧！」

我真的真的很謝謝每一位曾回饋給我的你，也想讓大家知道：在沒有做之前，我也不知道我可以演講，但做了才會知道。很多事情如果你想嘗試，就努力去嘗試吧！如果不做，永遠不會知道自己有這樣的能力。

去試試看不同的可能以及延伸自己的熱情吧！

WANT SHOW Laundry
- Since 1951 -
萬秀
洗衣店

萬秀洗衣店 #Wantshow
wantshowasyoung #grandparents

藍白是萬吉說最好看的搭配

突然間，覺得會開始翻衣櫃的萬吉和秀娥，笑得越來越年輕了。
照片中的衣服歷史都超過 30 年以上，是秀娥翻衣櫃、萬吉翻舊衣，搭出的藍白穿搭。
秀娥的衣服是她 3、40 歲出去玩會穿的；至於萬吉身上的西裝外套，則是一件被顧客遺忘 30 年的訂製西裝，不知道為什麼，這麼好看的衣服竟然會被遺忘了……但很意外，當年居然也有這麼合身的剪裁版型！
「藍白」，是萬吉說好看的配色法則。
如果是你，想到藍色和白色，你會想到什麼？

萬吉（身長 160）　西裝：至少 30 年訂製西裝
上衣：萬吉內衣
短褲：萬吉私服工作褲
秀娥（身長 155）　上衣、長褲：秀娥 30、40 歲時的服裝

♥ 溫馨提醒｜洗衣服請記得拿、認同請分享 ♥

WANT SHOW Laundry
- Since 1951 -

萬秀洗衣店

PART5.

親情這款代誌，是一世人ㄟ緣分

親情這件事，是一輩子的緣分
—— 我的夢想，萬秀的未來

1. 關於弟弟：拾起的不只是記憶，還有斷掉的親情

在這關於「萬秀」被看見的一年多之中，有個曾讓我在好幾次演講之中掉淚的故事──關於我和我弟弟。

如果你有看過我的IG，你可能會發現，我和我弟弟瑞文，是二個截然不同的人，他全身刺青、打了各種環，體重比我多十公斤，如果我們站在一起，看起來很有距離感、差異很大，第一次見到我們的人，一定不會想到我們是親兄弟。也確實，在一年前我們非常的疏遠，情感上和距離上都是，甚至弟弟和家裡有幾年沒有聯繫，這之間他發生了很多事，很多家人都不知道的一些問題和事情，包括差點因為輕生真的要離我們而去。

很多時候是我處理著弟弟的事情，可能連弟弟本身也不知道的事情。在那些無數當下，真的會覺得很煩很煩，想著怎麼會發生這些狀況、是這個樣子，身為大哥、長子、長孫，我時常認為這是我該承擔的責任，也不該讓長輩操太多心，往往就默默的處理，但無論處理了多少，都沒有讓我和他之間以及他和家裡之間疏離的關係拉近。

我萬萬沒想到，弟弟因為朋友們問起洗衣店的IG，在他過去生病並且狀況不好的情況下，這似乎成為一根他救命的浮桿，讓他對家裡產生歸屬感，或許也是他第一次發現家裡能帶給他不同的價值，他開始回到家中，看看阿公阿嬤，並在睽違了很久之後，開始跟我說話，開始在家裡多住幾天。而在二〇二一年初，有次我帶著弟弟一起去南投南光國小演講，這是他第一次聽到「為什麼做萬秀」的初衷，也聽到很多在我眼中看到的真實。他聽完我演講，跟我說他好幾度眼淚潰堤，他不知道原來在離家的過程中，家中發生了這些事情，他有發現阿公阿嬤變老了，但自己居然在這過程中缺席了。

這真是我沒有想過的收穫，於是趁著跟他有更多內心話的交集，我建議他或許可以回家試試看，一起來接家業，我們各自分工，他也可以成為新一代的職人。從此，弟弟真的開始回家學習洗衣。我除了讓他參與更多專案，也將粉絲對於洗衣知識的疑問交給他回答，試著透過問題去找答案，肯定自己的價值，也讓一個不回家的小孩，變成準備接下萬秀洗衣店洗衣職人的大人，同時照顧阿公、陪伴阿嬤，這些我看在眼裡，真的無比無比的開心。

我也因為開始做更多的倡議後，各種壓力一來，常常讓弟弟看見我不經意流露出的疲憊，而弟弟開始會做一些我不曾想過他可能做的舉動，例如傳來鼓勵我的訊息。我也常常忍不住潰堤，除了是一種在壓力中被鼓勵的情緒釋放，也因為看到我弟的轉變。這些事情每當我在演講裡有機會講到，絕對都是我無法忍住的時刻。

在二〇二一疫情的後半年發生了不少事情，我真的很感謝我弟弟。過去我總是那個支持或幫我弟解決問題的人，但這半年我弟卻成為支持我的動力，以前我們不曾說過心裡話、甚至幾乎不聊天，但這半年內，除了他開始跟我分享他的事，我也開始跟他分享我的很多壓力。曾經我們疏離，但我沒想到現在的他能跟我講出：「雖然沒什麼錢，還是要支持你」、「要加油，會沒事的」，甚至把他的生日願望給了我，許著「希望哥哥能成功、讓哥哥難過的事情能圓滿」的願望，承諾「我會照顧阿公阿嬤，你儘管在外面衝」等等之類的話。

由於我常常外出工作，后里的位置不上不下，有時候搭火車趕車還會遇到誤點，弟弟開始成為最挺我的駕駛，常常開四十分鐘的車送我去搭高鐵再自己開四十分鐘的車回家，真的是很謝謝有這個弟弟。由於我們兄弟在成長的過程中不時會因為家庭被看不起，弟弟也會跟我說到，因為家裡沒有什麼特別、自己沒什麼成就而被人瞧不起的事情。但我真的很想努力讓那些覺得我們沒成就沒背景而看不起我們的人改觀，我們真的就像許多人一樣，大家都為了生活很努力啊。

在這裡，我想謝謝瑞文，我弟弟，你這些時間真的支撐了我很多，雖然哥哥不知道自己的傻勁還能夠走多遠，但希望你能找到自己的自信，至少未來這家店是交給你的，加油！謝謝你！

WANT SHOW Laundry
- Since 1951 -
萬秀
洗衣店

萬秀洗衣店 #Wantshow
wantshowasyoung #grandparents

上午的萬吉

秀娥的眼神有很多種，但萬吉大致只有分兩種，一種是上午的，一種是下午的。
而這張，是上午的萬吉。
萬吉的作息其實很像年輕人，每天都深夜過了 12 點才睡，然後睡到隔天早上九點。而醒來時往往都會需要一、兩個小時回神，所以上午的萬吉往往表情比較嚴肅（還在睏）。
拍片當天早上跟剛睡醒的萬吉說：「阿公你的眼神很有態度（我還不知道怎麼解釋態度），我們來拍一張吧！」就變成這樣了。

萬吉（身長 160） **外搭襯衫：被客人遺忘超過 5 年以上的學院風牛津襯衫**
內搭帽 T：被客人遺忘超過 20 年，甚至放到特殊變色的帽 T
短褲：萬吉洗衣時穿的私服工作褲
秀娥（身長 155） **上衣：男版三年以上古巴短袖襯衫**
裙子：秀娥 30 年以上私服

♥ **溫馨提醒｜洗衣服請記得拿、認同請分享** ♥

2.

關於父親：在最紅當下做的選擇

我常常說，能夠有萬秀洗衣店的ＩＧ，是因為疫情下意外的收穫，但因為對家人的情感和重視，這個ＩＧ帳號冥冥之中好像也意外成為凝聚一家幸福的開端。除了看見對阿公阿嬤的改變，以及間接讓我弟弟回到家裡來，也因為疫情，讓我某種程度上挽回了爸爸的健康。

人家總說「在勢頭上時就要趕緊趁熱做」，如果依循著二〇二〇年七、八月國際注目的熱頭，當年九月還是有滿滿的採訪和合作邀約，假使有周邊商品應該會熱賣賺一大筆錢，結果我把一切邀約都推掉了，連照片都沒有拍新的，就這樣靜靜地看著粉絲流失。

除了因為仍舊抱著阿公阿嬤有空才拍的初衷、不會為了經營而經營外，還有一個原因是在那段時間，我整整在醫院陪我爸爸住了二十五天。那時的我，覺得我無法在父親生病的狀況下，還為了什麼勢頭去做些什麼，於是從八月底就開始一路的拒絕、拒絕、拒絕，很多談了一半的事只能突然說聲抱歉。我想，在某些品牌或媒體之中，我應該會被歸類到「那什麼難合作的KOL」或者「是在跩什麼清高」的那種吧?!

本篇最後那張照片裡切蛋糕的人，是我爸，在我四歲開始，就獨自帶著我和我弟長大，輪夜班、調遠方，雖然從小沒有上才藝班的機會，但他工作只為讓我一路讀書不用擔心學費。而在二〇二一年生日的前一年，才剛經歷了心臟手術、胰臟及腸道切除手術。一直以來爸爸的身體都有一些警訊，但他從來不去面對，可能要我待在他身邊才能讓

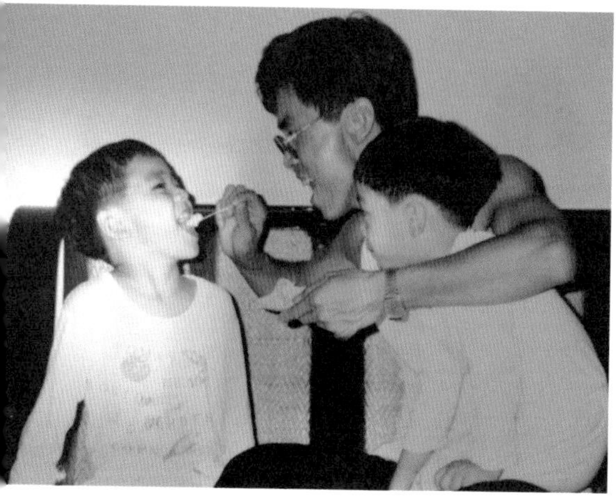

他放心一些，也可能是他不敢自己去面對身體發生的問題。直到我回到台灣，爸爸才終於去做徹底的身體檢查，因此發現了一項比一項更嚴重的警訊，特別是在心臟問題之後發現的胰臟腫瘤，這讓我一個人在手術室外等了十二個小時，也讓我在加護病房之中，因為看見我爸爸的病容而落下眼淚。這位我眼中堅毅如硬漢的父親，就這麼在醫院一住二十五天，除了前幾天是全日看護外，後來為了省費用，後面每天的夜間，都是我自己一人在醫院看護著他。

上天讓你在某個時間點看見了什麼事，或許也是一種冥冥中的指引。在那個還在思考倘若順著建議、趕緊用流量和粉絲賺錢似乎不是正確決定的當下，看著醫護對我爸爸那不分你我家人般的用心照顧，還有因為請看護而想起的社會議題——例如我自己顧半夜，一個月就要花四萬二在看護上，想想如果是請二十四小時，一個月就要七萬二，這樣的費用，已經超過很多人一個月的薪水所得——讓我不禁感慨起來，如果家庭經濟狀況比較不好的人生病了，那確實會是一個很大很大的負擔（當然我知道有些補助款可以申請）。這些家庭可能會選擇自己看顧家人，卻也因此讓家庭收入更少，照顧的品質較差不說，陪病的人心理壓力也會更大，這種惡性循環會讓很多家庭情況變得更糟。甚至他們可能也不知道要申請相關補助的資訊，想到這種事情，心中總是會莫名的難過，越發覺得這世界上確實還有很多需要去關心的人事物，縱使多麼的微小，都可能會影響到這些病患本身或者下一代的成長。想到這，就更加深自己應該把幸運分給更多人，而不是只顧眼前利益的心。

這個重拾爸爸健康的收穫也讓我更珍惜我的家和父親，雖然他真的是一點也不會表達情感的父親。在成長過程中，爸爸除夕常常都在值班，有陣子還去梨山值班半個月才回家一趟。但很多事情微小卻重要，他在我低潮時會跟我說「沒事啦」、在我心痛之後會問我說：「有比較平靜一點了吧？」在我二〇二一年初因為奔波各地要打算買車時，他跟我說「創業維艱，你開我的，成功之後再買車」，之後自己開始騎腳踏車上下班。

自小沒有擁有太多所謂的親子生活，很多重擔落到了阿嬤阿公身上，我爸會在低落的時刻因為讓我們少了一種愛而向我們道歉，但我相信愛只是用不同的方式存在。我們是社會上很多家庭的縮影，隔代、單親、平凡，家境普通。這並不表示我們就比較差，我很感謝我爸到現在對我的支持，即使我沒有走上他曾認為讀台中一中就該去走的路，但他還是在我做選擇時跟我說「你讓我很放心」。當許多人覺得我不算什麼，他也還是會拉著我，跟加油站的員工們驕傲的說：「這是我兒子！」

疫情，讓我們只能在家這般度過，照片中這一抹奶油看起來沒有什麼，其實是開心撐過二〇二〇年醫院難關後的擁有。爸爸，辛苦了，每一年生日，都想跟您說「辛苦了」，兒子雖然還沒有擁有社會上認定的成就，但我敢說我擁有懂得感謝您的心。

老爸，生日快樂。

Dove

WANT SHOW Laundry
- Since 1951 -
萬秀
洗衣店

萬秀洗衣店 #Wantshow
wantshowasyoung #grandparents

萬吉和秀娥的萬秀洗衣店，獲選為二〇二一年度的全台優良老店！

一件事，做了超過一甲子，他們從來也沒有想過能有機會被看見，能在全台灣眾多企業中有幸脫穎而出，真的要好好向大家致謝。

願能鼓舞所有像我們一樣渺小的小人物，都能繼續努力，也都能被看見努力。

♥ 溫馨提醒｜洗衣服請記得拿、認同請分享 ♥

3. 活下去，才能創造更多的可能

有幾天FB的回顧，是將我二〇二〇的心情抒發出來，只鎖給自己的貼文，那時IG訊息開始多，訪問開始出現，但其實那天，我才剛從醫院陪爸爸回家不久。當時覺得怎麼突然事情那麼多，阿公剛摔裂手，就換爸爸心臟小手術，加上瞬間湧入的採訪和邀請，又忙又驚又喜也又累，以為那叫忙到沒時間，透過書寫抒發那無處可說的思緒，但殊不知這還只是個開始。

當再看著那時候自己寫的醫院心情，真的會有種「笨蛋，是在靠么什麼？你接下來還有更麻煩的都不知道咧」的感覺，過了半個月，IG更加風火，結果爸爸又發現腫瘤，甚至要冒著心臟抗凝血劑停藥產生風險來開刀，自己在醫院照顧了一整個月，開始每天睡不到五小時的生活，不過一年不到，大概是我人生中一年內簽最多同意書的時刻吧！遇上了阿公骨裂、爸爸開了兩次刀住院、阿嬤骨折併肺炎住院，一直在簽一直在簽，然後碰上疫情，連回診都特別麻煩，在醫院常常都會覺得好累好累……。

不過想想自己很幸運，是在台灣發生這些，如果我現在人還在北京，想到爸爸那時候的狀況，我還真不知道到底會不會那麼順利。

很常在家裡的事忙到一個段落時，才在電腦前坐下、敲著鍵盤寫下一些感受。住在家裡時，時常從起床備料、煮飯、收拾、大家吃飯、洗碗、收拾、分藥，三個小時就這樣過去。每天如果沒有其他家人幫忙，兩餐六小時就花在這些事情上，說真的，很累，扣掉剩下睡眠的時間，才是坐下來打開電腦、開始每天工作的時間，還得面對上午沒回覆的追殺和各方情緒的開始。

有天打開我許久未開的北京門號，收到中國銀行的訊息，提醒我帳戶凍結，要儘快去更新台胞證資訊，才意識到「啊，我已經十九個月沒領薪水了」。當時整整十九個月，就靠著存款，做了很多事，生活了很大一陣子，成立了公司，把錢通通丟進去，到現在我還是沒有領過薪水，更別提什麼年度分紅了。合作呢？當然有收入，但除了給阿公阿嬤的，全部都進公司補貼，有時候很傻，為了讓公司有錢付外面的成本，自己請別人吃飯、開會的交通餐費、郵寄的費用，即使有開統編，也沒請款，默默的覺得就自己付吧。每個月靠不固定的幾場演講，能繼續活著就好。

由於很多朋友幫忙，在許多工作上大家投入自己的時間、成本來幫我，我沒有給過大家合乎市場的報酬，甚至只是幾頓飯和幾句謝謝，我還欠大家很多，可是我也一直記在心裡，那些時間成本、那請我吃的飯、載我去哪的油錢，這些分毫如果未來有機會，我一定會回報。

當時疫情影響，總算深刻感受到了什麼叫做「沒有收入，卻還要不斷付固定成本費用」的現實，啊，這真的是只有當老闆才能感受到的吧（？）。我很想要快點把很多商業模式想好，把很多正在進行的合作確定，以及把講很久但還沒有做的事情推動，我急啊……當然急，相較於其他公司夥伴，我是唯一一位全職沒收入在做事的人，也同時是一直主導著方向和一堆莫名堅持的人。我想做的太多，在意的也太多，好巧不巧，又是一個細節上的討厭鬼，也常常造成了自己有「啊，為什麼大家那麼慢」、「怎麼會這樣做」、「我覺得不可以」，這種會被他人討厭的情緒反應。

有天接受兩個訪問，剛好都問到未來的方向，也讓我又重新整理了自己的思緒，我發現我真的時常在害怕，這個害怕不在於生存，而是在害怕著「萬秀洗衣店」會不會來不及，來不及在還有影響力時、在錢燒完之前幫到更多需要幫助的公益團體、地方青年、老人家們。我真的不知道「萬秀」這兩個字還能紅多久，也不知道不一直拍阿公阿嬤，反而投入去做推動產業和創生可能的決定，究竟是不是對的。

很多事情大家看起來很美妙、很熱血，但其實遇到超多的問題，單純想做事，也會被解釋為向誰靠攏，甚至半夜接到其他前輩的電話，打來「告誡」我，不要跟誰怎樣怎樣，心很累啊！但還是只有我能面對，如果不面對，就沒有人可以幫到這些前輩們，這產業就會永遠被消費者欺負吧。

工作上的雜事持續，雖然開公司就是雜事一堆，什麼法條財務行政都要自己追，在當時WFH急著想公司生存的狀態下，確實花了太多的時間，導致顧此失彼，我最擅長的發想和企劃，就一直被擱置著。剛好有天晚上和朋友聊天，朋友提到，如果我一直做雜事，那公司就真的會停滯，因為我的專長好像不在對的位置。

有過太累的時候，心很累，甚至會默默流淚的日子，但我腦中還有好多想法和有趣的事情想去做啊，也想要有新的合作，讓公司有新的跨界和賺錢方式，至少，活下去，才能創造更多的可能！

WANT SHOW Laundry
- Since 1951 -
萬秀
洗衣店

萬秀洗衣店 #Wantshow
wantshowasyoung #grandparents

牽著秀娥的手

兩個人久違的出去玩！

其實在台灣（甚至華人世界），老人家出門會牽手的，真的很少。
但萬吉只要到陌生的地方，就會牽著秀娥的手。
可是每當我故意問萬吉，萬吉就會馬上解釋：「我怕你阿嬤走路不穩跌倒啦！」
孫子：「明明就是愛還不敢說。」
你們家也有老人家是這樣嗎？

萬吉（身長 160）秀娥（身長 155）
今天是阿公阿嬤自己搭的私服，孫子本人也不知道

♥ 溫馨提醒｜洗衣服請記得拿、認同請分享 ♥

4. 獲得了很多幸運，所以我更覺得應該把幸運分給更多人

一切意外的交集，才會成為現在所看到的樣貌，回顧一路從一間平凡不過的小店，到能跟許多人分享長輩的智慧、成長的體悟，我真的很常都會說是因為「幸運」，剛好很多因素交集在疫情的這個時刻，讓我回到家、看到家人，也在疫情中帶給世界一點點溫暖，並且看見了人事物生命的價值，帶動循環的可能，開啟自己燃燒夢想和熱情的另一篇章。

在開始倡議以及試著改變產業和環境議題的同時，開始走訪各地，不斷的分享、合作、拜會，除了認識很多人，也在這些過程之中，意外的又認識更多的人。例如像是到

某地後，因為在某個鄉間亂走發現很棒的品牌，也可能只是因為議題相近被網路廣告觸擊，看到原本可能也不會跟我有交集的同輩年輕人們，甚至在市集裡面，看著在大太陽下努力對路過遊客宣講的商品攤位。這些年輕的同輩，有做地球友善行動的、有專研環保材質用品的、有在推廣循環經濟的、有在創造二手衣嶄新可能的，也有為了社福和公益在努力的。大家都正在為這塊土地、地球、社會，以及為了自己的夢想在燃燒著熱情，想要為我們的後代留下更美麗的環境，這些很棒的事，卻不一定像我一樣幸運，能夠有那麼多人相信或幫忙。

在聊天的過程中，不難發現大家都有一顆炙熱的心，但也都不約而同的反應了關於「還是沒有太多人知道」的問題，有些品牌、團體，他們曾經試過找名人來幫忙推廣，但除了可能因為不知道方法而不得其門而入之外，很多時候也因為「相對不知名」這種現實的考量，讓許多品牌在推廣上得不到他們邀請的名人們支持。當然，大家也跟我一樣只有自己手邊可用的資金，更是難以去做到比擬大企業能做的推廣。

這些因為交集而認識的品牌、主理人，很多都是單純而積極的理想主義者，但從認識這些理想者到現在，才短短不到一年，其中就已經有公司因為支撐不下去而收掉；也看到其他具有資源背景但不一定實行永續議題的有心人士，透過永續議題來得利。如果有資源的有心人士大者恆大，那真的很難讓熱情遍地開花，這樣的結果都很有可能讓這些充滿熱情的人更快速的放棄。可是，這些默默在耕耘的朋友們，明明就很棒啊，擁有熱情的人，如果他們能夠做十年，一定比那些只想利用議題炒作利益的有心人士能改變更多的人和社會啊！於是我就想著，如果可以把我的幸運分給大家，讓大家被更多人看見，而一起活下去，讓大家不會因為資源少而被取代掉；如果大家能夠一起聯手，專注於各自不同的差異和分層，或許是深化議題廣度的另一種方式。

所以我開始想如何透過我們的媒體、平台或者創造什麼樣的機會，來讓更多人認識這些不同的品牌和理念。我最開始先到不同地方找了一樣在做循環／二手衣物的平台們聊，想要一起做些什麼，由萬秀發起帶領這聯盟的大家。當然，在這段過程之中，就馬上會有人跟我說：「欸，這個也是在做二手衣耶，跟你不是競爭嗎？幹嘛這樣做？」但是，這也是阿公帶給我的智慧。阿公常常在跟同業聊天時提到，有次我們一起去心路基金會庇護工廠他也和駐場職人聊到：「希望我們做洗衣的，大家不要都想著要壓倒對方，只一直打價格戰，這樣下去只會越洗越多但卻越沒價值，應該要大家一起把價格做高，把品質做好，大家才能賺更多的錢。」阿公這樣的觀念讓我也深受影響，唯有讓大家都能夠被看見，有更多的收入，互相成為陪伴的力量，才可以避免走向打垮對方的終點。

之後我也開始去找不同的循環品牌，像是稻穀衣架、餐具、循環瓶器、地球友善洗劑、生活用品，除了透過我們網站採訪、為他們撰寫文章推廣，也透過我們投入實體概念店的推行，讓大家能被看見。我們自己建立的媒體網站，幫不同的公益或社福機構撰寫文章，也陸續發起不同的義賣活動、公益聯名，希望能將我的幸運分享給更多的品牌、單位。或許我沒有辦法給予金錢上的支持，但我會盡我最大的力量，負起一些我認為「當你有一定影響力後，本來就應該做的使命」，讓有熱情的人一起被看見，讓更多的社會價值被實現。

就像我常常提到的，只要是真心的去做，縱使還不知道可以怎麼做，你就可能已經用熱情感染了別人，也吸引了跟你有一樣熱情的人。這些品牌主理人都跟我素昧平生，但他們卻會在你要去他的故鄉演講時熱情的來迎接，或者也有其他品牌看到你的苦惱，和你一起思考要怎麼解決現在遇到的問題；也有人是還沒見過面，就因為有相同的理念而一起趕出了令人驚艷的商品……。這種吸引力法則很奇妙，我們不一定能真的做點什麼，但我們可以互相分享自己的理想和熱情。

看到這裡，如果你腦中有浮現需要幫忙的社福團體，或是有也在為社會或地球做很棒嘗試的品牌，甚至你自己就是在其中的夢想家，歡迎跟我聯繫，我雖然能力也很小，但我會試著努力讓大家一起被更多人看見。

溫馨提醒：洗衣服請記得拿

WANT SHOW Laundry
- Since 1951 -

萬秀
洗衣店

萬秀洗衣店 #Wantshow
wantshowasyoung #grandparents

其實萬吉穿著的是秀娥的外套！

秀娥翻出了他 40 幾年前的衣服，搭配著店內也超過 20 年的毛衣，再度笑著說：「現在瘦下來都可以穿了！」但在翻出衣服的同時，萬吉穿著秀娥的外套卻一點也不奇怪～看來有一個跟自己身材差不多的另一半，衣服還可以互相穿，除了羨慕，也真是減少浪費的最佳範例了。你還有發現秀娥衣服有什麼細節嗎？

萬吉（身長 160cm）

外套：秀娥 40 年以上的外套

毛衣：也是秀娥的

襯衫和西褲：萬吉自己穿超過 20 年的老衣

秀娥（身長 155cm）

背心：秀娥自己 40 多年前的背心

上衣：至少 20 年未取毛衣

褲子：秀娥 40 多年前的喇叭褲

♥ 溫馨提醒｜洗衣服請記得拿、認同請分享 ♥

GOLDMINE

5.

回歸七十年的萬秀，創造更多現代的可能

當你放開時間軸，去觀看這半年時間所發生的事情和自己，在每個當下覺得高壓萬分的工作，用半年的尺放開來看，才可能知道那進度是延滯不堪。但這些在發生的當下可能根本不察，唯有回過頭拉大來看，也才能轉換心態吧！

雖然把時間軸放大會很可怕，但回過頭去看，或許就像照片一樣才能知道自己拍了什麼，畢竟事情都過去了，很多當下換來的，也是一種等待的累積。

二〇二一年上半年的最後一天，我覺得不論誰都該留給自己不被打擾的幾個小時，好好審視一下自己，重新寫一些目標，看看這段時間自己的虛耗，或者擁有微小的光，

也得準備好下半年的目標和心情，告訴自己當下不只是當下，就像一卷底片，當你拍完，才會恍然意識到那當下的片刻也可能是吉光片羽。

洗衣店紅了，除了一些合作外，也讓我們出現了許多意外的可能，問著能不能加盟的、問著要不要開連鎖店的，這些在洗衣店本體上延伸的可能，確實是最直接也讓大家最好奇的。但因為分享幸運、持續倡議改變人事物生命的意義，反而讓我發現，這些從大家疑問反饋而來的，就是洗衣店過去本來就存在的，只不過是現代的洗衣店反而失去了這些過去的可能。

就像是我們家的招牌上，到現在還寫著「繡補」、「染衣」，這就是七十年前存在的智慧，一家洗衣店它並不只是洗衣店，更是像前面提到的一個交流中心，也是各種轉換的中介者。就像衣服買來尺寸不合、或者衣服穿到破掉、拉鍊壞掉，很多客人都會直接拿到我們店裡來。縱使不是阿公阿嬤自己做，但我們都會拿去專門維修的店家幫忙修整，阿公到現在都還會幫客人量尺寸，只要阿公量好，就算客人沒有讓修改師看到，光憑阿公的折線，就能改出正確的長度和樣子，修改完後也洗好了衣服，這種服務，某種程度上也是現代的共享經濟，只不過早就存在，而且還是一種人情味的展現。

因為這樣，過去的洗衣店本來就擁有許多「永續時尚」的精神，也透過除了洗衣服外的不同交集，成為在生活上交流的可能，這些現代人對於洗衣店想像不到的事情，反而也是我繞了一圈回到家裡後才發現的美。因此現在的「萬秀洗衣店」，我認為他不只是一家洗衣店，這五個字更像是一個品牌、一個有意義的概念和許多倡議，有著不同的價值；像是關注時尚與永續的可能、改變跨世代溝通的可能、拋磚引玉關注公益的可能、影響長輩生命活力的故事。

我們的下一步還有很多的空間可以去想像，到現在我也還沒有想透，但就是從大家看到的事情，和與我們所產生的共感去延伸，透過共感找到大家遺忘的價值。自己投入存款建立一個像媒體的官網，讓我們可以把許多的回應、疑問，透過文字來做分享和倡議，另外實體的空間，除了我們目前凝聚大家的概念店的推設，原來后里的洗衣本店，還是會繼續開著，待弟弟學成後，有到其他地區成立二代店的想像和規劃。本來也確實於二〇二一年有開店的計畫，但因為疫情而暫時停止，當然這個店不只是洗衣店而已，而是發揮前面提到的價值，作為一個中介者，完成很多生活上的可能。

未來洗衣店的空間也會和不同業態一起合作，你可以一次擁有更多的生活服務，在洗衣的過程完成更多的可能和交流，也加入如我們在信義快閃店的概念，將每一位跟萬秀友好的成員們，一起帶到不同的地方，讓大家看見屬於台灣循環經濟和有理想的年輕夢想家們！

WANT SHOW Laundry
- Since 1951 -
萬秀
洗衣店

萬秀洗衣店 #Wantshow
wantshowasyoung #grandparents

萬秀洗衣店 Redefine：重新定衣計畫

在 Instagram 放上第一張照片開始，收到很多回饋，從那時就認真思考，是不是可以藉由我們的一點點影響力，讓大家關注更多議題、替社會解決一些問題。

「你可曾想過，你家附近的洗衣店，有超過百件客人沒來拿的衣服？」

被遺忘衣物不只造成地球資源浪費，更直接對洗衣店造成極大影響，除了付出成本無法回收，不斷堆積的衣服也對店面造成負擔，更消耗了他們對洗衣產業的熱情。

我們希望能幫助所有洗衣店解決問題，減少「被遺忘衣物」帶來的損失，同時做到地球友善、永續時尚的實踐。

路很長，夢很大，希望大家能願意支持我們，和萬秀一起讓循環發生。

https://www.wantshowlaundry.com

WANTSHOWASYOUNG

REEFCHANG

♥ 溫馨提醒｜洗衣服請記得拿、認同請分享 ♥

57
57
萬秀
台灣省
IWV·117
萬秀

結語

真心的，而且從自己身邊開始，讓我們一起改變社會吧！

看到這裡，不知道萬秀的故事有沒有帶給你一點勇氣？或者讓你想起了一些遺忘的情感和記憶？

我們家是個平凡的家庭，而我也只是個在一般家庭長大的孩子，這本書其實並不是要帶給大家怎麼成為萬秀，而是希望透過我的成長，我們的家，讓更多人關注到一些或許早已存在於自己身邊，只是沒有發現的小事。

可能你也曾經有過一些夢想，但因為一些原因而放棄；可能你也有過改變社會的想法，但卻已經告訴自己不可能實行。或許是因為年紀、或許是因為社會的框架，甚至只是因為太難而停止，但真的很希望大家不要放棄夢想和可能，不管到了幾歲，都沒有什麼是這個社會告訴你「不能在這個年紀做的」，就像我的阿公阿嬤跨出了一步找到的價值，就像我給我自己一個 Gap Year 而得到的驚喜，我們，都還有無限的可能和選擇啊！

相信我，這些盤旋在你腦袋或者身邊的小事並不是微不足道，而是都有可能成為改變很多關係的開始，我想，這就是我們萬秀最重要的精神，希望看見一切人事物的價值，延續他們的生命和意義。

希望你看完這本書後，也能夠開啟你的篇章，只要記住務必是真心的，並且試著從自己身邊開始，我們就可能一起改變這個社會！

VU00158

溫馨提醒：洗衣服請記得拿

我和萬秀的成長故事！

作者——張瑞夫
主編——林潔欣
企劃——王綾翊
美術設計——江儀玲
封面攝影——張明偉
封面梳妝——翁巧函

第五編輯部總監——梁芳春
董事長——趙政岷
出版者——時報文化出版企業股份有限公司
108019 臺北市和平西路三段二四〇號三樓
發行專線——（02）2306-6842
讀者服務專線——0800-231-705・（02）2304-7103
讀者服務傳真——（02）2304-6858
郵撥——19344724 時報文化出版公司
信箱——10899臺北華江橋郵局第九十九信箱

時報悅讀網——http://www.readingtimes.com.tw
法律顧問——理律法律事務所 陳長文律師、李念祖律師
印　刷——勁達印刷有限公司
一版一刷——二〇二一年十二月十七日
定　價——新臺幣三五〇元
（缺頁或破損的書，請寄回更換）

時報文化出版公司成立於一九七五年，
並於一九九九年股票上櫃公開發行，
於二〇〇八年脫離中時集團非屬旺中，
以「尊重智慧與創意的文化事業」為信念。

溫馨提醒：洗衣服請記得拿：我和萬秀的成長故事!/ 張瑞夫著. -- 一版. -- 臺北市：時報文化出版企業股份有限公司, 2021.12
面；　公分
ISBN 978-957-13-9764-1(平裝)
863.55　　110019748

ISBN 9789571397641
Printed in Taiwan